「こうされるの好きなくせに」

賢人は耳元でそう囁きながら
硬くなった乳首を執拗にこねくり回す。

「ほら、こんなに硬くなってる。これでも嫌なの？」

「ん、んんっ……ぅ」

腹黒御曹司の蜜愛妻になりましたが、やっぱり全力で離婚します!!

水城のあ

Vanilla文庫Miel

腹黒御曹司の蜜愛妻になりましたが、やっぱり全力で離婚します!!

CONTENTS

イラスト／ウエハラ蜂

プロローグ

バリキャリ女子――バリバリ働くキャリアウーマン。

それが野上涼音《のがみすずね》の会社での立ち位置だ。

涼音が働くミモザコスメティックは国内外に名を馳《は》せる老舗の化粧品メーカーで、涼音はその商品開発本部の化粧品部門に所属している。

化粧品部門もスキンケアやファンデーション、メーキャップなどたくさんのセクションに分かれており、涼音はメーキャップセクション第二チームの主任を務めていた。

勤続四年、しかも女性では大抜擢《だいばってき》で、自然と生活も仕事に重きを置いてしまい、それがバリキャリと呼ばれている所以《ゆえん》だ。

本人はそこまでキャリアに拘《こだわ》っているつもりはないが、仕事が好きで真面目に頑張っていたら、いつの間にか周りからも頼られる立場になっていたというのが正しかった。

「涼音先輩。新製品のコンセプトなんですけど、先日指摘された箇所を修正したので見ていただけますか？」

「オッケー。私のパソコンに送っといて。返事は明日でも大丈夫？」

「もちろんです。よろしくお願いします！」

「野上くん、先日出してくれた企画書の件だけど、営業が詳しく話を聞きたいそうだから、二課の相田《あいだ》くんと連絡とってくれ」

「承知しました！」

「野上主任、三番にサン広告さんから電話入ってます」

「はーい！　お電話変わりました、野上です」

なにかを終わらせると次の仕事が押し寄せてくる。毎日がこんな調子で、通常業務のあいだに新しい企画もどんどん考えていかなければいけないから、あっという間に季節が通り過ぎていく感じだ。

最近では仕事はほどほどにプライベートを充実させたいとか、週休三日制なんて言葉をSNSで見かけるが、涼音は仕事もそして同僚も好きで毎日が充実していた。

「先輩、ランチ行きましょ、ランチ！　聞いて欲しい話があるんですよ！」

昼休みを知らせるチャイムが鳴ったとたん、二年後輩の猪狩茉莉《いかりまつり》がデスクに駆け寄ってきた。

ランチタイムは時間の節約も兼ねて社食が多いが、後輩の話を聞くときは外に出るようにしている。プライベートな話が多く、誰に聞かれるかわからない社内でする内容ではないからだ。

「じゃあいつものカレー屋さん行こうか。ちょうど食べたかったんだ」

会社から徒歩三分ほどの路地裏にある小さなインド料理店で、カレーと一緒に出てくるチーズナンが絶品で定期的に食べたくなるのだが、いかんせん小さな店だから昼時はすぐに席がいっぱいになってしまう。

茉莉のお気に入りの店なので、彼女も二つ返事で頷《うなず》いた。

「いいですね！　じゃあ私先に行って並んでおきます！　先輩早く来てくださいね！」

「りょうかーい」

涼音は茉莉に手を振ると、作業していたファイルを保存して、一旦ノートパソコンを閉じる。デスクの引き出しから財布とスマホ、化粧ポーチが入った手提げを取り出してエレベーターホールへと足を向けた。

するとタイミング良く扉が開いて、見知った顔が姿を見せた。

「涼音先輩、今からお昼ですか？」

茉莉と同期の後藤賢人《ごとうけんと》が笑顔でエレベーターから降りてきた。

身長百六十二センチに七センチのピンヒールを履いた涼音でも見上げてしまう長身に甘いマスクは注目の的で、懇親会ではいつも女子社員に囲まれている。

自分がモテることに気づいているのかいないのか、涼音が知っている限り誰か特定の女子社員と仲良くするようなことはなく、年上年下問わず女性社員にとても親切だ。

しかも仕事もそつなくこなし上司のうけもよく、これで実はどこかの御曹司でしたとか言われたら、もう漫画のスパダリの世界だと密《ひそ》かに思っていた。

そんな人気者の賢人が、涼音を見たとたんパッと顔を輝かせたように見えたのは自惚《うぬぼ》れだろうか。

「後藤くん、お疲れさま。今日は店頭調査だったよね」

「はい」

人好きのする笑顔は商品開発よりも営業に向いていると思うときもあるが、女性が多い販売部に商品説明をするときは、あの笑顔がかなり強力な武器になる。

それに茉莉と同期と言っても、彼は帰国子女でイギリスのボーディングスクールから現地の大学に二年通ったあと日本の大学に入学したそうで、入社こそ涼音より二年遅いが実年齢は同じだ。いつも人懐っこく話しかけられ頼られるので忘れてしまいそうになる。

「先輩、それもしかして来月発売の新色ですか」

入れ替わるようにエレベーターに乗り込もうとする涼音とすれ違いざま、賢人が長い指で自分の唇をトントンと叩《たた》いた。

「そうよ、よくわかったね。昨日サンプル届いたから」

「いいですね。〝キスしたくなる唇〟です」

色気のある整った唇から零《こぼ》れた、耳元で囁《ささや》くような柔らかな声音に涼音の心臓が大きく跳ねた。

「……っ」

くっきりとした二重瞼《ふたえまぶた》がなにか言いたげに揺れたような気がして、涼音は慌てて目を伏せた。

そして一息遅れて新商品のキャッチフレーズを思い出す。

——キスしたくなる唇～うるつやリップ。

賢人は新商品のコンセプトを口にしただけなのに、一瞬とはいえドキリとしてしまった自分が恥ずかしい。

涼音は早とちりしてしまった気まずさを隠し、エレベーターの扉を押さえながら言った。

「そ、そうだ。今から茉莉ちゃんとランチなんだけど、後藤くんもお昼がまだなら一緒にどう？」

「ありがとうございます。でも午後からメーキャップショーの打ち合わせがあるんで、すぐ出なくちゃいけないんです。また誘ってください。それにランチの相手って猪狩さんですよね？　きっと彼女、先輩に相談があるんじゃないですか？」

賢人の鋭い洞察力に、思わず唇を緩める。

「じゃあ、次の機会にね」

「そのときは俺も先輩とふたりきりがいいです」

彼一流のジョークだろう。涼音はとっさにニヤリとして見せた。

「いいよ。相談すること考えておいてね」

閉じていく扉の隙間からヒラヒラと手を振ると、賢人は苦笑いを浮かべているように見えた。

涼音は閉じた扉の前で、賢人のそつのなさは相変わらずだと思いながら微笑《ほほえ》んだ。

帰国子女だからなのか、彼は涼音の周りの男性なら口にしないような女性への褒め言葉をさらりと口にするのだ。それに今みたいに思わせぶりに食事に誘ったりする。

それを嬉《うれ》しいと思う女性もいるが、涼音はどちらかというと男性にストレートに褒められるのは好きではない。というか、そもそも男性と仕事以外でふたりきりになるのが苦手だった。

賢人は後輩だし同じチームだから一緒にランチをしたり飲みに行くこともあるけれど、取引先とか同僚の範疇《はんちゅう》を出る相手には尻込みしてしまう。

以前上司と飲みに行って不快な思いをしたのが主な理由だが、それ以来社内外を問わず男性に誘われると身構えるようになった。

仕事が恋人というわけでも、彼氏が欲しくないというわけではない。いつの間にかタイミングを逃して恋愛の始め方がわからなくなった。そんな感じだろうか。

「でね、私がもっと会いたいのにって言ったら、彼がそんなに会いたいのなら自分がくればいいだろって簡単に言うんですよ‼」

茉莉が片手で水の入ったグラスを握りしめ、もう一方の手で拳をつくってドン！　とテーブルを叩いた。

涼音がお目当ての店に着くと、ちょうど茉莉が席を確保してくれたところで、すぐに食事にありつくことができた。そして茉莉は席に座ったとたん遠距離恋愛中の彼氏についての愚痴を延々と話し始めたのだ。

涼音は食事をしながら茉莉の話にひとしきり耳を傾けると、頭の中で事情を整理しながら言った。

「えーと、茉莉ちゃんの彼って、今名古屋《なごや》に転勤中だったよね」

すでに食事が終わっていた茉莉は再び拳を握りしめて頷いた。

「そうなんです。毎月なんて贅沢《ぜいたく》は言いませんけど、せめて二、三ヶ月に一回は向こうから会いに来てくれてもいいと思いません？　いつも私から会いに行ってるんです。毎月新幹線代だってかかるし、私だって仕事してるから移動だって大変じゃないですか」

「そうだね。お互い仕事しているって条件は同じだし、経済的な負担って大きいよね」

「そうなんです。しかも最初の頃はあちこち連れて行ってくれてたのに、最近は会いに行っても家でゴロゴロしてることが多いし、洗濯物とか溜《た》まってるの見ちゃうとついつい手を出しちゃうし」

茉莉は食後のコーヒーのカップを口に運びながら溜息《ためいき》をついた。

「たまに思っちゃうんですよね。お金のことを考えちゃうのは、もうそれほど彼のことが好きじゃないのかなって」

呟《つぶや》いた茉莉の顔は憂いを含んでいて、恋をしている女性の顔だ。涼音は自分の仕事一色の日常を思い浮かべ、遠距離とはいえ恋人との関係に悩んでいる彼女が少しうらやましかった。

「そんなことない。お金のことって大事だよ。茉莉ちゃんがお金のことを気にするのは、その先にふたりの将来を考えてるからじゃない？　結婚とかさ。例えばどうしても彼が来られないのなら、交通費を半分負担してもらうとか。私に話したことを彼氏にもちゃんと言ってみたらどうかな？　それでグダグダ言うような男ならすっぱり別れちゃいなさい。その彼が茉莉ちゃんに合ってなかっただけなんだから」

「そう、ですかね？」

「そうだよ。恋愛してたらどうしても私の方がこんなに好きなのにとか、私の方がこんなに頑張ってるのにって思うものだし。本当は彼だって口に出さないけど茉莉ちゃんのことを考えていると思うよ。ただ気をつけなくちゃいけないのは〝私はこんなにしてあげてるのに〟とか〝私ばっかり〟って言い方はしちゃダメ。もっと会いたいけど経済的に大変だから考えて欲しいとか、自分もフルタイムで仕事をしているから毎回こちらから会いに行くのは大変って客観的な部分だけ伝えた方がいいよ。あとね、電話でもいいから直接話して。文字だけだと誤解されやすいし、感情ってうまく伝えられないでしょ」

「……」

黙って涼音の話を聞いていた茉莉はわずかに目を潤ませた。

「先輩、ありがとうございます！　私、今夜にでも彼に電話して話をしてみます！」

どうやら今日の相談内容は解決できたようだ。

「うんうん。愚痴ならいつでも聞くよ。まあろくなアドバイスもできないけどさ」

「なに言ってるんですか。私、いつも先輩のアドバイスに助けられてるんです。もしかして涼音先輩って遠恋の経験があるんですか？」

「えっ⁉　ど、どうして？」

自身の恋愛経験に話が飛び火しそうな空気にドキリとする。

「だって、なんかもう私の考えてること全部お見通しっていうか。恋の伝道師⁉」

「なにバカなこと言ってるのよ。ほ、ほら友達とかにもよく相談されるのよ。遠恋って誰かに聞いて欲しくなるんじゃない？」

「わかります！　たまにしか会えないから喧嘩《けんか》で終わりたくなくて、結局言いたいこと我慢して不満が溜まっちゃうんです。お友達も、先輩みたいに冷静に話を聞いてくれる人にアドバイスされたいんですよ。私一生先輩についていきますから！」

茉莉にキラキラとした尊敬の眼差《まなざ》しを向けられ、涼音は曖昧に微笑んだ。

人に語れるような恋愛と呼べる経験なんてありませんと言ったら、茉莉はどんな顔をするのだろう。

涼音が賢人の褒め言葉や女性慣れした態度があまり好きではない理由はそれだった。

仕事ばかりしているせいだとは思っていないが、ほとんど男性と付き合った経験がないのだ。正確には付き合ったことは何度かあるが、キス以上の深い関係になったことがない。

しかし仕事で結果を残していくうちに後輩たちから仕事以外の相談を受けるようになり、気づくとせっせと恋愛指南本やら対人マニュアル本を読《よ》み漁《あさ》って相談にのるという、なんともおかしなことになっていた。

つまり今茉莉にしたアドバイスはその恋愛指南本と純粋に涼音が茉莉の彼に感じた感想を交えて語っただけで、経験もなにもあったものではない。

女性向けのファッション雑誌の記事でよく〝恋も仕事も〟なんていうあおりを見かけるが、そんなの幻想だ。もし可能でもそれはごく一部の成功者で、不器用な自分には難しいと思う。

そもそも出会いがあったとして、何度もデートをしたりまめに連絡を取るという時間がまどろっこしい。

結婚願望がないわけではないが、一足飛びに結婚までいけて、しかも仕事に理解のある旦那様に出会えないものだろうか。

親友にはそんなだから恋人ができないのだと呆《あき》れられたが、今は仕事が恋人だと嘯《うそぶ》いておいた。

そろそろ聞こえてくる友人の結婚の知らせを耳にすると焦る気持ちもあるけれど、今は未婚という選択も許される時代だ。

でもそう自分を慰めても、仕事で疲れたとき部屋に帰るとふと無性に寂しさを感じるときがある。

きっと自分は大切な時間を一緒に過ごし、他愛《たあい》ないことで笑い合ったり、不安なときは寄り添いあえたりできる相手に憧れているのだ。

「いいなぁ、先輩の彼氏さん」

「え?」

「だって彼氏さんも先輩みたいに仕事ができるんですよね? きっと先輩の仕事にも理解があるでしょうし、プライベートも充実してそう。それに絶対イケメンでしょ! 先輩って、ホント向かうところ敵なしって感じですね」

「そ、そうかな」

　昔からなぜか彼氏がいると誤解されやすい。特に茉莉のような後輩には、エリートの彼氏がいて、仕事も私生活も順調でうらやましいと勝手に想像されてしまうのだ。

　しかし彼氏がいると肯定してしまえば嘘《うそ》になるが否定もしたくない。いつものようにここは曖昧にしておく。

「今度紹介してくださいよ。一度会ってみたいな～先輩の彼氏さん」

　さすがにそれは無理だろう。

「あーそうだね～……」

　涼音はテーブルの上のスマホを取り上げ、わざとらしく言った。

「あ、ほらそろそろ戻らないと、昼休み終わっちゃう！　午後イチで工場に連絡入れないといけないの」

「あ、ホントだ！　私も今日中のデータまとめがあるんだった！」

　自分が相談をしたのだからランチ代を支払いたいという茉莉と押し問答をし、なんとか割り勘で店を出る。そのおかげか茉莉は涼音の彼氏に会いたいというお願いもすっかり忘れたようで、内心ホッとしながらオフィスに足を向けた。

1

後輩との昼休みから戻ったとたん、涼音の平穏で充実した日々が一転した。

「野上。ちょっといいか？」

化粧品部門の部長に手招きされ、涼音はなにかミスでもあったのだろうかと席を立った。

午前中課長に言われた企画書の打ち合わせはセッティング済みだし、新商品の展示会にはまだ時間がある。他に思い当たることがないときはお小言があると覚悟しておいた方がいい。

涼音はどんな叱責をされても対応できるよう、気を引き締めて部長の前に立った。

「……なにかありましたか？」

「おまえ、うちの会社が来年で百二十周年を迎えるのは知ってるな？」

この会社に勤めているなら誰でも知っていることを改めて尋ねられ首を傾《かし》げる。部長の口から出てきた言葉の真意がわからないまま大きく頷いた。

「もちろんです。メーキャップセクションでも記念の口紅を発売予定ですし、それに先駆け大々的に海外の展示会でもお披露目《ひろめ》する予定ですから」

「うん。それでもう一押しなにか他社とは違うものを発売しようということになって、〝ミモザ〟シリーズの復刻版を作ろうという話になったんだ」

ミモザとはアカシアとも呼ばれる黄色い可愛らしい花で、創業当初に発売された石鹸《せっけん》の香りでもある。当時舶来もので高価だった石鹸を一般の人でも使えるよう国内で初めて製造発売したもので、今でもミモザの花は会社のロゴマークとして残っている。

最初は石鹸のみだったがやがてシリーズとして化粧水やおしろいなどの化粧品が次々に発売され今に至っていた。ただすでに初代のミモザシリーズは廃版となっていて、百年以上前に発売されていた商品だから現物もない。

「面白いですけど、今から来年に向けてだとかなりタイトなスケジュールですね」

「うん。それもあるんだが、このご時世復刻版が石鹸だけでは今ひとつだから、そのためにミモザにちなんだ新商品も一緒に発売しようと考えている。時間もあまりないし各部から精鋭を選んでプロジェクトチームを作ることになったんだが、メーキャップからは君を推薦することにした」

「私、ですか？」

まさかそんな大切なプロジェクトに自分の名前が挙がるとは思っていなかった涼音はひととき言葉を失って、それからすぐにこれは自分に与えられた大きなチャンスだと思った。

いくらメインユーザーの多くが女性をしめる化粧品会社といっても、やはり上に行けば行くほど男社会だ。実際現在メーキャップセクションには三つチームがあるが女性主任は涼音だけだった。

とっさに頭の中で自分が抱えている仕事を算段する。いくらチャンスだとしても本来の仕事がおろそかになってしまっては本末転倒だ。

「ありがたいお話ですが、私は今回の記念口紅の企画にも携わっているんですが」

「もちろんそれも平行して頑張って欲しいが、チームの部下たちがいるだろう。それに今回のプロジェクトで結果を出せばセクションの課長への昇格とか海外支店栄転という道もある。今我が社が企業の短期目標として、率先して女性管理職を増やすことを掲げていることは知っているだろう？　今回の君のプロジェクト参加はそれにも繋《つな》がるはずだ」

それは暗に出世を約束してくれているととってかまわないのだろうか。

こうして仕事を頑張ってはいるものの、実は上を目指しているわけではない。もともと化粧品会社に就職を決めたのは、女性を美しく輝かせてくれる商品を世に送り出したいという気持ちからで、男性のように出世してやろうという考えは薄い。

しかし実際に化粧品に携わってみると、女性の地位向上とか社会進出というのは世の中の大きなテーマになっていることを知った。

後輩たちのことも考えれば、自分がきちんと結果を残して道を作っていかなければという程度には考えているし、ミスをして『これだから女は』と言われないための努力はしているつもりだ。

「どんな方がメンバーに選ばれているんですか？」

「詳しいメンバーは来週の発足会議で発表になると思うが、営業からは谷口《たにぐち》、スキンケアから諏訪《すわ》、ファンデーションからは門脇《かどわき》だったかな」

　残念ながら女性の名前はないが、いずれも各セクションの精鋭ばかりだ。しかも大きな企画を成功させ社長賞で名前を見かけた人もいる。これだけのメンバーと一緒に仕事ができるのは、涼音にとってはいい経験で将来に必ずプラスになるはずだ。

「錚々《そうそう》たるメンバーですね。私のような若輩者でお役に立てるかわかりませんが、謹んでお引き受けいたします」

　涼音は部長に向かって深々と頭を下げた。

「そうか。引き受けてくれるか。上にはメーキャップセクションのエースと言ってあるから頼んだぞ。まあみんな商品開発のベテランばかりだから、胸を貸してもらうぐらいの気持ちでな。そうだ、広報から宮内《みやうち》も選ばれてたぞ」

　部長が思い出したように口にした名前に、涼音は頭の中が真っ白になった。

「……え？」

「確か前に君、一緒に仕事してただろ」

「あ……はい」

涼音より一回りほど年上の元上司の顔を思い浮かべて、胸に黒い不安が広がっていく。できれば二度と一緒に仕事をしたくない人だとは言えず、涼音は部長の言葉にただ頷くしかなかった。

翌週、早速大々的に緊急プロジェクトの発足が社内発表され、メーキャップセクションも涼音の抜擢《ばってき》に沸き立った。

「先輩、プロジェクトメンバー入りおめでとうございます！」

一番はしゃいでいたのは茉莉で、社内メールで一斉配信された発表を見たとたん、まるで自分のことのように喜んでくれた。

「さすが涼音先輩です！　私も先輩みたいになれるように頑張ります‼」

「チームの仕事は俺たちに任せて頑張ってくださいね」

いつの間にか集まってきた同僚たちの間からそんな声があがる。

「噂《うわさ》で聞いたんですけど、部長が出世を約束してくれてるって話じゃないですか。女性管理職候補ってことですよね」

隣のチームのメンバーである男性社員がうらやましそうに言った。

「すごーい！　先輩、出世しても私のこと忘れないでくださいね」

「茉莉ちゃん、大袈裟《おおげさ》だから。それに忘れるってなによ」

「あ、じゃあ私使える後輩になれるように頑張りますから、出世した暁には私のこと呼び寄せてくださいね！」

「それいいな。主任、俺のこともよろしくお願いします」

誰もがプロジェクト入りを喜んでいてくれているが、涼音の本音は辞退をしなかった自分に対しての後悔でいっぱいだった。

「ほらほら、お祝いしてくれるのは嬉しいけど、次の企画の〆切も迫ってるんだから、みんな仕事に戻って～」

ひとしきりお祝いを受けた涼音は、きりのいいところで声をかけて自分から話を終わらせてしまった。

本当は涼音がプロジェクトに参加したくないと思っているなど、誰も考えもしないだろう。涼音だって客観的に見て大きなチャンスだと思うし、正直早く企画を考えたり、プロジェクトメンバーとたくさん意見を交わし合いたい。

宮内とはなにもなかった顔をして仕事をすればいいとわかっているが、こちらは悪くないのになぜか負い目のようなものを感じていた。

それにチームの仕事と並行してプロジェクトに参加するのも不安だった。

今のチームはみんなやる気があって自分が不在でも心配はないが、なるべくメンバーに迷惑をかけたくない。そう思い立った涼音は、就業時間後にいくつか企画のヒントや資料をまとめておくことにした。

基本涼音は後輩たちに残業を推奨していない。〆切との兼ね合いや業務の都合で遅くなるのは仕方がないが、ただ長くダラダラと仕事をするのは疲れるだけで生産性がないと思っていた。

しかし来週からプロジェクトが始まるとなると、就業時間外に作業するしかない。いつもなら自宅に持ち帰りをしてしまうのだが、社外持ち出し禁止の資料もあったので、ひとりオフィスで作業をすることにした。

サクッと仕上げて、帰ったらビールでも飲みながらのんびりしようと、黙々とパソコンに向き合う。

「あれ、先輩。まだいたんですか?」

データをまとめることに集中していた涼音は、突然聞こえた声にビクリと肩を揺らしパソコンから視線をあげた。

いつの間にかデスクのそばに賢人が立っていてこちらを見下ろしている。

「びっくりした。後藤くんお疲れさま。今日って直帰じゃなかったっけ?」

涼音はみんなが予定を書き残すホワイトボードに視線を向ける。

「そのつもりだったんですけど、会社じゃないと見られないデータがあって、気になってちょっと寄っただけなんです。それより先輩こそひとりで残業なんてめずらしいですね。

いつも上の人間が帰らないと後輩が帰れないって言ってるじゃないですか」

「うん。ちょっと資料作ってて、引用したいデータが持ち出し禁止だったからさ」

涼音はちょっと肩を竦《すく》めて壁に掛かった時計を見上げた。

「もうこんな時間だったのね」

「そうですよ。開発部のフロア、もう誰もいませんよ。先輩、自分がプロジェクトに参加する間の心配をして資料を作るために残ってたんじゃないんですか」

賢人が笑いを含んだ目で涼音を見つめた。

「安心してください。先輩がいない間は、俺たち頑張ってチームの実績を下げないようにしますから、先輩も心置きなくプロジェクトで実力を発揮してきてください」

「……」

やはり賢人も涼音がプロジェクトで活躍することを期待してくれている。やはり自分ひとりの都合だけで乗り気でないと言ってはいられないのだ。

その迷いが表情に出ていたのだろう。賢人が不思議そうに首を傾げた。

「なんだか……浮かない顔ですね。まさか先輩にかぎって、プレッシャーを感じてるなんてことないですよね」

最後にわざとらしくニヤリと笑った賢人を見て、涼音は噴き出しながら彼を睨《にら》みつけた。

「私にかぎってってどういう意味よ！　プロジェクトのことならドンとこいに決まってる

でしょ。ちゃんとチーム代表として爪痕残してくるわよ」

思わず拳を握りしめた涼音に、賢人は笑い声を上げた。

「爪痕って！　どんだけ攻撃的なんですか」

「それぐらいの気持ちで頑張るって言ってるの！」

「ですよね。じゃあそろそろ仕事切り上げて、プロジェクト入りのお祝いに飲みに行きませんか。もう八時過ぎてるし、今夜は俺にご馳走《ちそう》させてください」

賢人がいつもの人好きのする笑顔を浮かべた。

確かに集中力も切れてきたし、お腹《なか》も空《す》いた。そろそろ引き上げ時だろう。それに賢人なら気を遣わなくて飲めるし、魅力的な誘いだった。

「じゃあ行っちゃおうか。あ、ご馳走はしてくれなくてもいいけどね。私も飲みたい気分だったから割り勘だよ」

「はい！」

賢人が嬉しそうな顔で頷いた。その笑顔は無邪気な子どもか、尻尾を振る子犬のようでちょっとカワイイ。

同じ歳《とし》なのに失礼かもしれないが、賢人は弟みたいに甘えてくるときがあり、涼音は密かに彼を弟ポジションとして認定していた。だから他の男性相手のときよりも身構えないですんでいるのかもしれない。

人によって微妙に態度を変えているから、彼なりの処世術のひとつかもしれないが、あまり男性として意識しなくてすむからありがたい。弊害は同級生なのに自分の方が随分年上であるような気分になってしまうことだろうか。

「さあ、早く行きましょう！」

賢人に急《せ》かされ会社を出たが、あいにくチームのメンバーとよく利用する店は満席で、同じビルに入っている別の店にする。カウンター以外のすべての席が間仕切りで半個室のようになっていて、居酒屋と言うより小料理屋に近い。

「へえ、私ここ初めてだわ」

「俺は前に部長と来たんですけど、お料理が美味《おい》しかったですよ」

賢人はそう言ってメニューを差し出した。

「なに飲みますか？」

「とりあえずビールでしょ」

「ですよね」

涼音の返しに賢人がニヤリとして店員に声をかけた。

ふたりでメニューを覗《のぞ》き込《こ》みあれやこれやいいながら食事を選んでいる間に、ビールのジョッキが運ばれてくる。

「では、先輩のプロジェクト入りを祝って乾杯‼」

「ありがとう。かんぱーい！」

早速ジョッキの半分ほどを飲み干した涼音を見て、賢人が苦笑いを浮かべる。

「ペース速いですね」

「そう？　やっぱりビールは一口目が一番美味しいじゃない」

「なんですか、そのオッサンみたいな台詞《せりふ》」

「あ、それって偏見。女だって仕事のあとの一杯が美味しいのは一緒でしょ」

「それはそうですけど、うちのチームの女の子たちが聞いたら泣きますよ」

そう言いながら自分もジョッキを口に運ぶ賢人を見て、涼音は昼間のことを思い出した。

「茉莉ちゃんもお祝いに飲みに行こうって言ってたから、後藤くんとふたりで行ったたって言ったら怒るかな」

涼音の言葉に賢人は小さく肩を竦めた。

「ああ、猪狩さん先輩のこと大好きですからね。ファンクラブ代表って感じで」

少し辟易《へきえき》した声音だったが、茉莉のことを考えていた涼音はそれに気づかない。

「まずいな～どこかで埋め合わせしてあげないと」

「先輩ってホント人がいいですよね。忙しいんですから、今日飲みに行ったことは俺とふたりだけの秘密にしておけばいいじゃないですか」

「ふたりだけの秘密ってなんかいかがわしくない？」

そんな言い方をしたら人目を避けたデートとか内緒の社内恋愛という雰囲気だ。

「いいじゃないですか。俺、先輩とならいかがわしい関係も大歓迎です」

「まったく！　すぐそういう冗談を言うんだから。後藤くんモテそうだし、そういう台詞言い慣れてるんだろうけど」

「そんなことないですって」

そう言って笑った賢人の顔は本気とも冗談とも読めない表情だ。女の子とこんな言葉遊びをするのは日常茶飯事なのだろう。

「いやいや。やっぱり後藤くんの言葉は信用できない」

「ひどいです」

わざとらしく泣き真似《なまね》をする賢人に、涼音は思わず声を立てて笑ってしまった。

やはり賢人とは歳が一緒だからか、大学の同級生と話しているときのような気安さがある。上司と飲んでいるときのような緊張感もないし、逆に後輩だから色々話を聞いてあげないとという空気でもない。

とにかく賢人が気負わずお酒を美味しく飲める相手なのは間違いない。そのせいかいつもよりもお酒が進み、自分でも驚くほどはしゃいでしまった。

「そういえば、来週早速顔合わせがあるんですよね」

さらにビールを何杯か追加し、そろそろ食事にも満足したという頃、賢人が思い出したように言った。

すっかり気を緩めていた涼音は、賢人のその一言にハッと我に返って、思い出したくないのに脳裏に宮内の顔を思い浮かべてしまった。

「……」

「先輩？」

「あ……うん、そうだね」

突然黙り込んでしまった涼音を気遣うような賢人の声音に、慌てて唇だけ笑みの形を作る。すると賢人が呆れたように溜息をついた。

「また、そんな顔する」

「え？」

「昼間も思ったんですけど、先輩、本当はプロジェクトに参加するの嫌なんじゃないですか？」

あまりにも的を射た言葉にドキリとしてしまう。そして不覚にも賢人が後輩であることも忘れて顔を顰《しか》め、唸《うな》り声《ごえ》を漏らしてしまった。

「……うーん。実はメンバーに、ちょっと苦手な人がいるんだよね」

いつもの涼音なら絶対に口にしないのに、今夜は賢人との時間が楽しいのとお酒の勢いもあり本音を漏らしてしまった。

「先輩でも苦手な人がいるんですね。意外」

「なによ、それ」

「だってうちの課長とか結構クセがあるタイプなのにうまくやってるし、後輩にも慕われてるし。あ、その後輩には俺も入ってますよ」

最後はおどけたように笑った賢人に、涼音も今度は本当の笑みを浮かべた。気持ちが緩んでいるのか、賢人の言葉がいつもより耳に心地よい。

「もしかしてそれって宮内さんですか」

ここまで話してしまった以上隠すわけにもいかず、涼音は無言で頷いた。

「先輩って俺たちが入社する前、広報で宮内さんの下にいたんですよね。てっきり入社当時から商品開発部の生え抜きなんだって思ってたから、聞いたときびっくりしたんですよ」

今まで同期の友人にも宮内とのトラブルを詳しく話したことはない。それなのにどうして賢人に話してしまったのだろうとあとになって不思議になった。もしかしたら、ずっと誰かに話を聞いてもらいたかったのかもしれない。

「実は……広報にいるとき、アイツに食事に誘われてついていったら交際を申し込まれたことがあるの」

「……は？　でも宮内さんって」

眉間に不快げな皺《しわ》を刻んだ賢人に勇気づけられ、思わず声が大きくなる。

「そうだよ。既婚だよ？　あれだよ、男が好きな〝割り切ったお付き合い〟ってヤツを申し込まれたの。独身で二十代の部下を捕まえてそれ言う？　それで断ったら思わせぶりな態度をしたとか言われて、仕事でもメチャクチャ攻撃されてミスとか押しつけられてさ。それでも抵抗し続けてたら、しばらくして異動になって今の開発部にきたってわけ。幸い部長がいい人で今はチームとか任せてもらえてるんだけど」

もともと入社時から開発部希望だった涼音にとっては渡りに船だが、やはり端から見れば広報から追い出された感は否めない。

「もしかしてあの噂って……宮内さんが流してるんですか」

「噂って……ああ」

時折耳にする自分に関するよくない噂を思い浮かべて涼音は溜息を漏らした。

宮内の誘いを断ってから社内に〝男癖が悪い〟〝既婚の上司に迫って異動になった〟〝誰とでも寝る〟とか根も葉もない噂が流れたのだ。もちろん犯人は宮内と思われるが証拠がないため、涼音は聞こえないふりをしてきた。

噂を鵜呑《うの》みにして誘いをかけてくる男性社員もいたが、誘いに乗らなければいいだけの話だ。しかし最近は涼音が仕事で成功するたびにその噂だけが一人歩きするようになっていた。

正直既婚のくせに独身女性を口説こうとした宮内が諸悪の根源なのに、被害者である自分の評判が泥にまみれているのは納得がいかない。お酒の酔いも手伝って、思い出すだけでもムカムカしてくる。

「だいたいさ、既婚のくせに独身の部下にちょっかい出して断られたら虐《いじ》めるってパワハラでしょ。私が黙っていなかったら、アイツクビだよ？」

「ですよね」

「それで？　後藤くんはなにを聞いたの？」

賢人は悪くないのに、思わずテーブルに身を乗り出し彼を睨みつけた。

「まあまあ、落ち着いてください。ほら、先輩！　ビールもうないですよね。次はなに飲みますか？」

涼音はドリンクのメニューにチラリと視線を投げる。

「ビール……はもうお腹いっぱいだから赤ワイン！」

「はーい」

店員を呼び止めグラスで注文しようとする賢人を睨みつける。

「バカ。グラスでちまちま頼まないでボトルで注文しなさいよ」

賢人は酔っ払いの乱暴な言葉に嫌な顔ひとつせず、店員にオーダーを伝える。すぐに二人分のグラスとワインのボトルが運ばれてきて、賢人が素早く注いでくれた。

「はい、どうぞ」

「ん。ありがと」

一度グラスに口をつけてから、改めて賢人を睨みつけた。

「で？　さっきの続き、聞こうじゃないの」

「……そこはもうやむやにしておきませんか？」

賢人はあからさまにうんざりした表情だったが、涼音は負けじと子どものように駄々《だだ》を捏《こ》ねる。

「イヤッ！　絶対聞くから」

「先輩、お水もらいましょうか。なんか宮内さんのせいで悪酔いしてません？」

「なに言ってんのよ、ビールぐらいで。そんなことより、私に関する噂の話！　後藤くんを怒ったりしないから言いなさいよ。どうせ、会社に男漁《あさ》りに来てるとかそういうのでしょ」

ひどい内容だとわかっていてここまで賢人を追及するのは、彼の性格ならその噂を鵜呑みにせず客観的な意見をくれると思ったからだ。もちろんお酒の力もあって、勢いづいてしまっていたのも理由のひとつだった。

「ほら‼　言いなさいってば！」

さらに大きくなった声に賢人は腰を浮かせて涼音の隣に席を移動し、それから申し訳なさそうに辺りを見回した。扉のない半個室だからあまり大きな声では隣の席に迷惑だと思ったのだろう。

「先輩！　声が大きいですって。わかりました！　言いますから少し落ち着いてください」

「最初から素直に吐いておけばよかったのよ」

「なんですか、その刑事ドラマみたいな台詞。じゃあ言いますけど……」

賢人は涼音の隣に座ったまま、渋々といった態《てい》でやっと口を開いた。

「うちのチームの企画が通るのは先輩が身体を使ってるからだって。あと男なしじゃいられないから会社でも誘えばエッチしてくれるとか、実際資料室でエッチしてるのを聞いた……とか」

脅され仕方なく口を開いた賢人だが、次第に表情をなくしてしまった涼音を見て最後は消えるように呟いて口を噤《つぐ》んだ。

最初に聞いたものよりもさらにひどい噂へと変わっている。自分はなにも悪いことをしていないのに、なぜそんなことを言われなければいけないのだろう。しかもいつまでたっても噂が消えないということは、社内でそれを信じている人がいるということだ。

初めて噂を耳にしたときは傷ついたが、ちゃんと誠意を持って仕事をしていれば噂なんてすぐ消えるものだと思っていた。でも実際にはどんどんエスカレートしていく。

涼音は目の前のグラスを手に取ると、三分の一ほど残っていた赤ワインを一気に飲み干した。

「なんで私ばっかりそんなこと言われなくちゃいけないわけ!?　男ってホントサイテー!!」

そう叫んで、乱暴にグラスを置く。

「すみません」

「なんで後藤くんが謝るのよ！」

そう怒鳴ることすら八つ当たりだとわかっているが、それでも賢人を睨みつけてしまう。

「男代表としてですよ。あんな噂信じるのはバカだけです。それに俺は一緒に仕事してて先輩がそんな人じゃないってちゃんとわかってますから、俺のことは信用してください」

「……うん」

そのことは涼音自身が一番わかっている。信用しているからこそ賢人に話したのだし、こうして気楽に飲みにも来られるのだ。

「それに先輩にちゃんと彼氏いるの知ってますしね」

「……っ」

いつもならさらりと聞き逃す彼氏ネタに、今日は一瞬だけ動揺してしまう。これまでもそうやってやり過ごしてきたのに、賢人は一瞬視線を泳がせた涼音を見逃さなかった。

「……先輩。もしかして彼氏と別れたんですか？」

「……」

「いつ？」

顔を覗き込むようにジッと見つめられて、最初から存在しない彼氏についてなど答えられるはずもなく、涼音はプイッと顔を背けた。

「い、いつだっていいでしょ。別に独身だって恋人いなくたって仕事はちゃんとしてるんだから、誰にも迷惑かけてないし」

彼は誰かに涼音の嘘を言いふらすタイプではないが、一応口止めをしておいた方がいいだろうか。そう口を開きかけた涼音の前で、賢人はなぜか嬉しそうに微笑んだ。

「じゃあ俺にもチャンスがあるってことですよね」

「……」

一瞬頭の中が真っ白になったけれど、それからまたいつものようにからかわれているのだと気づいた。

「な、なにバカなこと言ってるのよ！　それよりさ、今思いついたんだけど、彼氏がいますって言ってもだめなら、結婚しましたって言えばさすがにあれこれ噂も流されなくなると思わない？」

「結婚、ですか」

彼氏もいないのに？　そう言いたげな後藤の眼差しにうろたえてしまう。

「今から探すの！　円滑かつ効率的に仕事をするための方法でしょ。よし！　結婚相談所とかマッチングアプリとかやってみよう。私も仕事してるんだから収入には拘らないけど、あまり年上じゃない方がいいな。あと大事なのは女性が働くのを邪魔しない人！　いるのよ、仕事は続けてもいいけど家のこともちゃんとしてねってバカ男が。こっちは男性と同じ立ち位置に並ぶためにそれ以上の努力をしなくちゃいけないっていうのにさ」

早速スマートフォンを取り出しアプリを探そうとする涼音の手から、賢人が素早くそれを取り上げてしまう。

「もう！　邪魔しないでよ」

「ダメですよ。先輩飲み過ぎです。思いつきでこんなことしたら明日後悔しますよ」

「返してってば！」

手を目一杯伸ばして高く掲げられてしまい、立ち上がらないと手が届きそうにない。きっと賢人のことだから涼音が立ち上がったら、対抗して立つに決まっている。

涼音は恨みを込めて賢人の整った顔を見上げているうちに、だんだん腹が立ってきた。

彼は社内で女子社員に人気があるし、おじさんたちのウケもいい。きっと恋人がいないことで苦労したことなどないのだろう。

涼音は眉間に皺を寄せ、わずかに目を眇《すが》めながら賢人を睨みつけた。

「あのさ、後藤くんってモテるでしょ」

「は？」

「モテるから、モテない人の気持ちなんてわからないんだよ。私だって別に高望みしてるとか理想が高いとかじゃないの。でも私に言い寄ってくるのは明らかにドMで虐めてくださいって男とか、自分に都合良く付き合いたい既婚男性ばっかり。独身の普通の人がいいって言うのは贅沢なわけ？」

「つまり先輩は普通の独身男性と結婚したいってことでいいですか？」

「うん。だから携帯返して！」

隙を突いてパッと伸び上がった涼音から逃げるように賢人が腰を浮かす。すんでの所でスマートフォンは涼音の手からすり抜けた。

「あっ」

「わかりました。いくつか確認したいんですがいいですか？」

「……うん？」

賢人の質問の意図がわからないままとりあえず頷いた。

「先輩はこの先も仕事を続けたい。でも社内の噂が煩わしいから結婚という形でそれを一蹴したいと思っている。ここまでは合ってます？」

「うん」

「先輩が結婚相手に求める条件は普通の独身男性であること。収入には拘らないけれど、女性が仕事をするのに反対しない人。できればあまり年上は遠慮したい。こんな感じですか？」

涼音の言いたいことが簡潔にまとめられていて、さすが同期の中で優秀だと言われるだけある。

「すごーい！　後藤くん、どうして私の結婚の条件知ってるの？」

思わず手を叩いた涼音を見て、賢人は脱力して溜息をついた。

「やっぱり酔ってますね。たった今自分が力説したんじゃないですか」

「そうだっけ？」

首を傾げる涼音の前で、賢人が居住まいを正す。それからスマホをテーブルの上に置くと、なぜか涼音の両手をとった。

「後藤くん？」

何事かと目を丸くする涼音に向かって、賢人は信じられない言葉を口にした。

「いいですよ。俺と結婚しましょう」

「……」

一瞬なにを言われたのかわからない。それから言葉の意味が頭の中にジワジワと広がって、それを理解したとたん酔いも覚めるような気分になった。

要するに涼音が酔った勢いでマッチングアプリに登録して、手当たり次第知らない男性と連絡を取るのを阻止しようとしているのだ。いくら酔っていても冗談と本気の区別ぐらいはつく。

確かに結婚だのマッチングアプリは飛躍しすぎだった。これ以上賢人を困らせるのは可《か》哀想《わいそう》だし、彼は部下なのだからすでにパワハラで訴えられてもおかしくないレベルだ。もともと宮内の愚痴を聞いてもらえただけでかなりすっきりしたし、本気で今すぐ結婚したいと言ったわけではない。

「安心してください。俺、借金とかもないですよ」

ダメ押しのように貴公子よろしく微笑まれて、やはりこれはジョークなのだと確信する。お酒の上での冗談なのだ。

涼音は冗談には冗談で返そうと、両手を万歳の形に挙げた。お酒の酔いも手伝って、なんだか楽しくて仕方がなかった。

「やったー！　けっこーん‼」

真に受けていると思われないように、これぐらいおどけて見せた方が彼もホッとするはずだ。

「よーし、乾杯しよ、乾杯」

「先輩、飲み過ぎですって」

「大丈夫、大丈夫～」

むりやりグラスを合わせて一口ワインを啜《すす》ったところで、涼音の手からグラスが取り上げられてしまった。

「あ、ん！　まだ飲むの」

ぷうっと頬《ほお》を膨らませて睨みつけると、大きな手が涼音の頭の上でポンポンと跳ねる。

「はいはい。お酒はそれぐらいにしておいてくださいね。これから婚姻届出しに行きますから」

「婚姻届？　ふふふっ。本当の結婚みたい」

お遊びだとわかっているのにワクワクしてくる。この冗談はどこまで続くのだろう。

「そうですよ。婚姻届出さないと本当の結婚にならないでしょ。さ、立ってください」

「ん～」

賢人に抱えられるように店から連れ出されたのは間違いない。涼音の記憶はそこでしばらく途切れてしまった。

次に記憶が戻ったとき、とにかく喉が渇いていて、横になっているはずなのに頭が眩暈《めまい》を起こしたときのようにぐらぐらと揺れているような気がした。

せっかく楽しい時間を過ごして、楽しい夢をみていたのにこんなに気分が悪くなってしまってはすべてが台無しだ。

「先輩、お水ですよ」

「ん……」

耳障りのいい声が耳孔の中に流れ込み、涼音は半ば目を閉じたまま腕をついて起き上がった。お気に入りの柔らかなリネンの手触りとスプリングの軋《きし》む音で自分のベッドの上だとわかるが、いつの間にマンションに帰ってきたのだろう。

「ほら、ちゃんと飲んでください」

両手をとられてミネラルウォーターのボトルを持たされるが、身体がぐらぐらと揺れてそのまま眠ってしまいそうになる。

「仕方のない人ですね」

声と共に背中に手が回され、誰かの胸の中に抱き寄せられる。次の瞬間唇に少しひんやりとした柔らかいものが押しつけられ、隙間から冷たいものが流れ込んできた。

「んぅ……ンンぅ」

喉を通り過ぎていく水の冷たさが心地よくてつい受け入れてしまったが、なにかおかしい。

今日は仕事帰りに後輩と飲みに行き……確か上司のセクハラの話をして、誰でもいいから結婚したいとごねた気がする。それから賢人が結婚してくれると冗談を言い出したのだ。

こくんと冷たいものを飲み込んだ瞬間、我に返った涼音はパッと目を見開いた。

視界に飛び込んできた賢人の整った顔にギョッとして、その腕の中で飛び上がるように身体を起こした。

「……なんで？」

どうしてここに賢人がいるのだろう。しかもたった今口移しで水を飲まされたような気がする。

ボンヤリとした頭で彼がここにいる理由を考えたけれど思い出せない。すると涼音の思考を読んだように賢人が口を開いた。

「忘れたんですか？　俺たちさっき結婚したじゃないですか」

賢人は囁くように言うと、涼音の身体を抱き寄せて目尻に優しく唇を押しつけた。

「……ん」

結婚なんて思い立ってすぐできるものではない。つまりこれは現実ではないということだ。

誰でもいいから結婚したいとわがままを言った自分の、こんなふうに愛されたいという願望が見せた夢で、目覚めたつもりだったがまだ夢の中にいるらしい。そうでなければ賢人がベッドの上でこんなふうに抱きしめてくるはずがない。

「そう、だっけ？」

「そうです。だから……これからは涼音さんって呼んでもいいですか？」

賢人の強請《ねだ》るような口調が可愛《かわい》くて、彼の子犬感は夢の中でも変わらないらしいと涼音は小さく笑いを漏らした。

「いいよ、夫婦なんでしょ。ていうかそれなら敬語もおかしくない？」

「じゃあ、俺のことも名前で呼んで」

「えーと、賢人くん？」

頭をもたげて呼びかけると、鼻先に唇が触れそうな距離で賢人が夢見るように笑った。こんなふうに笑う賢人は知らない。妄想だといくらでも別人になれるらしい。

「呼び捨てでいいのに」

「だって賢人くんだって、さっき涼音さんって言った」

「そっか」

賢人は小さく呟くと、涼音の耳朶《みみたぶ》に濡《ぬ》れた唇を押しつける。

「涼音」

熱い唇の感触と少し掠《かす》れた声が、一瞬にして涼音の体温を上げる。心臓をギュッと握りしめられたように胸が苦しくて、切なくてたまらなかった。

今まで誰かに名前を呼ばれて、こんな気持ちになったことはない。夢だというのに触れられた感触も感情も現実のようにリアルだ。

「ん……」

擽《くすぐ》ったくて首を振ると、逃げられないよう柔らかな耳朶を唇に含まれてしまう。

「や……んん……」

「カワイイ声」

男性にそんな甘い声で囁かれるのは初めてかもしれない。このまま男の優しい腕の中で眠ったら、明日は気持ちよく目覚められそうだ。涼音はとろりとした目で賢人を見上げると、ゆっくりと目を閉じた。

すると眠りに落ちかけた身体を揺さぶられて、むりやり意識を引き戻される。

「ん、んん……」

「涼音、寝ちゃダメだよ。俺たちの初夜なんだから」

蕩《とろ》けるような甘い声音にわずかに瞼《まぶた》をあげたけれど、目の前で微笑む賢人を見て目を開けても夢の中にいることが不思議だった。

「ほら、口開けて。キスしよう」

言われるがまま口を開くと、賢人の顔が近づいてきてそのまま口を塞がれてしまった。

熱くぬめった舌が差し入れられ、涼音の小さな舌を搦《から》め捕《と》る。

「んぁ……ん、んぅ……」

粘膜が擦れ合うたびに背筋をぞくりとしたものが這《は》い上《あ》がり、息苦しいほど口腔《こうこう》が満たされているのにクセになってしまいそうなほど気持ちがいい。こんな官能的なキスはこれまで誰ともしたことがない。

口の中が唾液でいっぱいになり口の端を伝い落ちていくのに、涼音はそれでもされるがままになっていた。

「はぁ……ん」

舌先で顎や首筋に流れ落ちた唾液を舐《な》めとられる。その刺激だけでも肌が震えてしまい、涼音の唇からは甘ったるい吐息が零《こぼ》れ落ちた。

「いやらしい声。会社にいるときとは別人だね」

耳元で囁かれた声は少しくぐもっていて、揶揄《やゆ》しているというよりはなんだか嬉しそうだ。

「もっとしてもいい？」

「……ん」

小さく頷くと、身体がバランスを崩しそのまま背中からベッドに沈みこんでいた。

「あ」

首筋に唇を押しつけられ、その場所を舌先でちろりと舐められる。

「や……ん」

「気持ちいい？」

筋張った首筋を厚みのある舌でねっとりと舐めあげながら、賢人の頭が少しずつ胸元へと移動していく。

お酒のせいなのか、それとも賢人の体温が高いのか、舌で触れられた場所が熱くてたまらない。次第に身体が汗ばんでくるようで、涼音は自分を組み敷いている賢人の背を叩いた。

「痛かった？」

「……暑い」

気遣うように顔を覗き込んできた賢人の胸を押し起き上がると、涼音は七分袖のカットソーを勢いよく脱ぎ捨てた。そういえば着ていたジャケットはどこへ行ってしまったのだろう。

「……」

膝下丈のタイトスカートはすでに捲《まく》れ上がっていて、ストッキングを穿《は》いた太股《ふともも》が露《あら》わになっている。

「ん〜これも脱ぐ……」

涼音がスカートのファスナーに手をかけると、その手を大きな手が押さえる。

「俺にやらせて。おいで」

涼音が頷くよりも早くウエストに両手が回され、そのまま彼の膝の上に抱き上げられていた。

背中を向けて座らされ、後ろのホックとジッパーを引き下ろされる。

「ほら、ちょっとだけお尻浮かせて」

賢人はそう言いながらウエストに腕を巻き付け涼音の身体を浮かせると、タイトスカートに続いてストッキングも脱がせてしまう。

男性に服を脱がされるなんて初めてのことなのに、夢だからなのか不思議と羞恥心はない。

熱い手のひらが素足を艶《なま》めかしく撫《な》で、賢人が耳朶に唇を寄せて囁く。

「ガーターベルトとかも似合いそうだね。今度見せて」

「あ……ん……」

耳孔に息が吹きかけられ擽ったさに身を捩《よじ》ると、後ろから回されていた手で強く抱きしめられた。

「下着も脱がせていい？」

小さく頷くと背中のホックが外されて、胸の膨らみが賢人の手のひらの上に零れ落ちる。

「んっ」

きゅっと膨らみを鷲《わし》づかみにされる刺激に鼻を鳴らすと両手でやわやわと胸を揉《も》みしだかれ、唇からは自然と甘い声が漏れた。

「はぁ……ん……」

あまりの心地よさに背を反らせて賢人の広い胸に押しつける。シャツ越しだが背中からも賢人の体温を感じてさらに夢見心地になってしまう。

「涼音、気持ちよさそう。触られるの好き？」

「ん、好き……」

「じゃあこっちは？」

指でキュッと両胸の先端を摘まれ、痛くない程度の力でコリコリと揉みほぐされる。賢人の指先からキュンとした痺《しび》れが全身に広がって、身体が勝手に震えてしまう。

「んっ……やぁ……っ」

賢人の腕の中で身悶《みもだ》えると、それに応えるように弾力のある乳首を押しつぶされ、キュッと捻《ひね》りあげられた。

「あ、んんっ！　や、ダメ……」

「嫌じゃないだろ。ほら、どんどん硬くなる」

「はぁ、ん、んんっ……」

賢人の両手がふたつの膨らみに指を食い込ませ、巧みに乳首を弄《もてあそ》ぶ。

「ん、んん……あんまり、触ったら……っ」

「触ったら？　どうなるの？」

肩口に顎を埋められ、耳に押しつけられた唇から熱い息が吹きかけられる。

「や、あぁ……だって、身体が、へん……だから……んんっ」

身体が微熱でもあるかのように熱をもっていて、賢人に弄《いじ》られている乳首がジンジンと痺れてしまい自分の身体ではないみたいだ。

賢人に抱かれる夢にしてはやけにリアルに身体が反応してしまう。今まで誰にも触れさせたことがない場所なのに、まるで本当に触られているみたいだ。

「変じゃないよ。いやらしい涼音をもっと見せて」

賢人は小さく呟くと、乳首を嬲《なぶ》っていた右手をスッとウエストからお腹の丸みへと滑らせる。

「あっ」

肌を滑る指の感触にビクンと身体を跳ねさせると、指先がショーツを撫でた。

布越しなのに賢人の指の熱さを感じて、身体の奥がキュウッと収斂《しゅうれん》するのを感じる。あまりの切なさに太股を擦り合わせると、耳朶に優しく歯を立てられた。

「足、閉じないで」

太股を割るように、太い男の指が下着の上から足の間を撫でる。軽く押さえ付けるような微妙な力加減は少しもどかしくて、指がもっと触れられるように自分から足の力を緩めてしまう。

「はぁ……っ」

自分の中から滲《にじ》み出《で》た体液で下着が濡れているのがわかる。指が動くたびに下着と蜜がヌルヌルと擦れ合うのだ。

「すごく濡れてる。いやらしくて……カワイイ」

耳から頭の中まで響く甘ったるい声で囁かれ、恥ずかしいのにもっと聞いていたい気がする。

お酒のせいでうまく身体が支えられず賢人の胸にもたれかかると、耳元で甘やかすようなクスクス笑いが聞こえた。

「もうぐにゃぐにゃだね。ほら横になろうか」

ベッドの上に横たえられ、気づくと足の間から下着を引き抜かれる。ワイシャツを脱ぎ捨てた賢人は素早く涼音の足の間に身体を割り込ませた。

硬い胸板で柔らかな乳房を押しつぶされ、苦しくはないが身体がピッタリと寄り添う圧を感じて、また身体が熱くなる。

涼音が半ば閉じかけた目で賢人を見上げると、声をあげる前に唇をキスで塞がれた。

「ん、んぅ……」

さっきまで甘ったるい優しいキスだったのに、急に貪るような深い口づけになり、身体に力の入らない涼音はされるがままだ。

口の中でお互いの濡れた粘膜が擦れ合うたびに身体が震えて、もう自分が誰となにをしているのかなど考えたくなくなる。ただ感じていたかった。

「はぁ……っ」

わずかに唇が離れた隙に深く息を吸う。それぐらい長く口づけられていたのだ。

キスの余韻で呆然《ぼうぜん》としている間にも賢人の唇は忙《せわ》しなく動き、首筋や鎖骨のくぼみ、胸の膨らみにも口づけていく。

「あ、ん……」

熱い手のひらが両胸を寄せあげ、賢人の唇が押し出された乳首を口に含む。熱く濡れた刺激に身体を跳ね上げると、賢人は生温かい口腔で固く膨らんだピンク色の乳首をしゃぶるように吸い上げた。

「ん、やぁ……ん、ん……っ」

お酒のせいなのか、初めての行為のはずなのに恥ずかしさよりも甘い愉悦を感じて、身体がひどく震えてしまう。

腰の辺りがムズムズして、賢人の身体の下で無意識に腰を揺らしていた。

「……んふ……っ、ん、んんぁ……」

「これ、好き?」

そう囁く甘い声音も擽ったくて、涼音は素直に頷いた。

「あ、ん……す、すき……」

「じゃあこれは？」

「ひぁ、ん」

もう一方の胸の頂も指先で摘まれ、少し強い力でコリコリと揉まれるたびに硬度を増していく。

「あ、あぁ……ん」

唇から漏れた鼻にかかる甘えたような声が、自分のものだなんて信じられない。わかるのは賢人の手や唇に触れられるのが恐ろしく気持ちがいいということだった。

指で弄ばれていた乳首も濡れた唇で愛撫《あいぶ》されて、もう恥ずかしいという気持ちよりその快感を追いかけるだけで頭の中がいっぱいになってしまう。

「あ……はぁ……あ……」

「はぁ……涼音、メチャクチャ可愛いんだけど」

賢人の唇から吐き出された熱い息が肌を擽り、その刺激にも身悶える。もうこれ以上触れられたらおかしくなってしまう。

それなのに賢人の手は忙しなく涼音の身体を弄り、唇は身体中すべてに口づけるのではないかという勢いで素肌を撫でた。

「会社のみんなが、本当は涼音がこんなにいやらしいって知ったらどう思うかな」

まさか賢人がそんなことを暴露するとは思わないが、敢《あ》えて口に出されるとひどく恥ずかしい。

「や……言わない、で……っ」

耳まで赤くなるのを感じながら、涼音は初めて抵抗するように身を捩る。

縮こまるようにして横を向くと、あやすように優しく赤く染まった頬や耳朶に口づけられた。

「どうして？　俺しか知らないんだからいいだろ。ほら、こっちももう触って欲しくなってるくせに」

膝を折り曲げるようにして片足を抱え上げられる。グッと身体に押しつけられるとすでに濡れそぼっていた蜜口が露わになってしまう。

「あ……」

とろりと足の間を流れ落ちていく淫らな刺激に、涼音の唇から小さな声が漏れる。するとそれを見た賢人がクスリと笑いを漏らした。

「ほら、もうビショビショ」

「……っ！」

揶揄するような言葉に、すでに赤くなっているはずの頬がさらに熱くなる。せめて顔を隠したくて身動《みじろ》ぎすると、さらに愛蜜が足の間から溢《あふ》れ出《だ》す。

少しずつお酒の酔いが冷めてきて、ふとどうして自分は賢人とこんなことになっているのだろうと疑問に思うほどには冷静さを取り戻してきた。

これまで男性の前で裸になったことなどないし、ましてやこんな恥ずかしい格好をすることなど想像したこともない。

快感と酔いで朦朧《もうろう》としていた意識の中で、自分に触れている手が現実のものだという感覚がはっきりと浮かび上がってくる。

「涼音は言葉で虐められる方が濡れるのかな」

「や……そんなこと……」

強く言い返したいのに、ベッドの上に裸でいるという状況を認知して、自分でも驚くぐらい弱々しい声しか出てこない。

「あの……わたし……」

まさか酔って賢人に絡んで、そのまま後輩をお持ち帰りしてしまったというパターンだろうか。もしそうなら間違いなくパワハラだった。

これまで自分が散々上司に嫌な思いをさせられてきたのに、酔っていたとはいえそれを後輩に強要するなんて最悪だ。

しかし賢人は涼音の動揺には気づかず、笑いを含んだ声で涼音を見下ろした。

「じゃあ試してみようか」

「……え？」

――なにを？　目を見開き視線で問いかける涼音の前で、賢人が唇に淫らな笑みを浮かべる。

怯《おび》える涼音の表情を楽しむようにゆっくりと身を屈《かが》めて、涼音の足の間に顔を近づけた。

「涼音のいやらしい場所がよく見えるよ。赤くてすごく濡れてて……舐めたらどうなるのかな」

とんでもなく卑猥《ひわい》な言葉に頭の中が真っ白になる。そしてなにをされるのかわからず呆然としている涼音の前で、賢人は濡れそぼっている蜜口に顔を埋めてしまった。

「ひっ、やぁっ……！　や、ダメ……っ」

涼音自身から溢《あふ》れた蜜と賢人の濡れた舌がぬるぬると擦れ合い、聞いたこともないようないやらしい水音がする。

耳朶や唇、乳首や素肌に舌を這《は》わされたときとは比べものにならないぐらい甘い戦慄が身体を駆け抜け、涼音の口から悲鳴のような喘《あえ》ぎ声が溢れ出す。

「あっ、あっ、やぁ……はぁ……あぁ……っ」

身体を捻って片足だけ肩に担ぎ上げられた不安定な格好ではシーツを蹴って逃げることもできず、賢人の頭に手を伸ばした。

「や、やぁ……んぅ……後藤く……やめ、て……っ」

必死で頭を押し返そうとする手首を摑《つか》まれ、邪魔するなとばかりに片手で押さえ付けられてしまう。

「賢人、でしょ」

子どもの間違いを諭すような甘い声がしたが、涼音はただ首を横に振った。

朦朧としていたときそう呼んでいた気はするが、これが現実だとわかってしまった今は恥ずかしくて名前でなど呼べない。

それに秘裂を何度も舌でなぞられ重なり合った襞《ひだ》を押し広げられる刺激に、まともな言葉など出てこなかった。

「あぁ……は、ん……あ、あ、あぁ……ン……」

会社ではいつも可愛い後輩だった賢人の男の顔に、涼音はどうしていいのかわからない。男女の関係を強要されて怒っているのかもしれない。謝ればやめてくれるのだろうか。

「や、ごめんな、さ……もぉ……やめ……んんぅ！」

「まだ足りないだろ。もうここが……早く欲しいってぱくぱくしてるよ」

なんのことを言われているのかわからない。しかし説明の代わりに蜜口に長い指が押し込まれて、膣壁を擦りあげられる初めての刺激に涼音は大きく腰を跳ね上げた。

「ひぁ……っン!!」

今までずっと閉じていた場所に賢人の指の硬さをはっきりと感じる。痛くはないが身体が異物を押し返そうとしているのか、身体の奥がきゅうきゅうと震えていた。

「ほら、もっとこっち」

肩に担がれていた片足が自由になり、腰を引き寄せられて自然と身体が仰向《あおむ》けになる。蜜口に差し込まれていた指がさらに深く沈みこんだ。

「あぁ……っ」

「ん……狭いね。最近してなかった？」

――違う。こんなこと誰ともしたことがない。そう答える代わりに首をふるふると横に振る。

「でもこれだけ濡れてれば大丈夫かな」

指をもう一本増やされ、薄い粘膜を引き伸ばされる痛みに涼音の身体がわずかに強張《こわば》る。しかし賢人はそれに気づかず、太い指を馴染《なじ》ませるように抽挿を繰り返す。指で内壁を擦られるのが思いの外気持ちよくて、無意識に指の動きに合わせて腰が浮き上がってしまう。

「や、あぁ……ン、んんぅ……っ」

「そんなに気持ちがいい？　涼音が一番感じるところを教えてよ」

初めてなのにそんなことわかるはずがない。でも賢人はつい最近まで涼音に彼氏がいて、その彼に抱かれていたと思っているのだ。

今さら初めてだとは言い出せずにいると、胎内《なか》を広げるように指が大きく押し回された。

「ひぁ……あっ、あぁ……っ」

「これ、好きみたいだね」

「あ、あぁ……ん、んんっ」

ぐちゅぐちゅと音を立てて胎内をかき回されて、背中をシーツに擦りつけながら身悶える。

こんなことをされるのは初めてなのに、好きかどうかなどわからない。このままなにも言わなければ、賢人は気づかずに自分のことを抱くのだろうか。

あとになってみればなぜ誤魔化《ごまか》せると思ったのかわからないが、そのときは本当のことを知られるのが恥ずかしくてたまらなかったのだ。

しかも胎内に指を挿《い》れられて痛いと感じたのは最初だけで、すぐにもっと奥の方まで指で触れて欲しくてたまらなくなった。

「あ、あぁ……ごと、う、く……んんぅ」

「また、間違えた。さっきまで賢人って呼んでくれてたのに」

それは夢の中だと思ったからだ。現実なら同僚を、しかも後輩の男性を名前で呼ぶ機会などない。

「じゃあ賢人って呼べるようにもっと気持ちよくしてあげる」

もう十分刺激が強くてキャパシティが限界なのに、もっとなんて耐えられない。

「や、もぉ……」

やめて欲しいと言葉にする前に、賢人が再び足の間に顔を近づける。指の抽挿はそのままにもう一方の手で淫唇の上部に埋もれていた肉粒を剝《む》き出《だ》しにして、ぷっくりとしたその場所を唇で吸い上げた。

下肢に走った痛みにも似たピリッとした刺激に涼音の唇から悲鳴が漏れた。

「やぁ……んっ！」

胎内からドッとなにかが溢れ出すのがわかる。きっと賢人の指をさらに濡らしてしまっているだろう。

自分の身体にこんなにもおかしくなる場所があったことに驚くと同時に、そのことが怖くてたまらない。抵抗しようにも強い快感で足に力が入らず、起き上がることもあがくこともできずされるがままになってしまう。

「は……んぁ……あ、あぁ……ん」

溢れる蜜がまとわりついた指でグチュグチュと胎内を嬲る音と涼音の嬌声《きょうせい》だけが部屋に響きわたる。お腹の奥がキュウキュウと収斂して痛いぐらいだ。

胸に迫る焦燥感と高いところから突き落とされるような切迫感が涼音の不安を煽《あお》る。

「や、待って……これ、いや……あ、あぁ……っ」

これ以上口淫を続けられたら本当におかしくなってしまう。思わずシーツを蹴って賢人から離れようとしたが、柔らかな太股に指を食い込ませるようにして引き戻される。

「……や……っ」

「そんなに暴れるなって。気持ちがいいだろ」

賢人はそう呟くと蜜口から指を引き抜きさらに口を大きく開けて、今度は肉襞ごと花芯にむしゃぶりつく。

「ひぁあ、ン！　や、やぁ……だぁ……」

両手でしっかりと太股を押さえ付けられて、自然と腰が浮き上がった。

指でほぐされた蜜口に舌先をねじ込まれ、抉《えぐ》るように蜜源を犯される。足がガクガクと震えだし、身体の奥底から味わったことのない淫らな衝動がせり上がってくる。

「んっ、あっ……や、あ、あぁ……だめぇ……っ」

この強い衝動をやり過ごしたくて、自分からさらに腰を浮かせてしまう。賢人は涼音の腰を抱え込むと、先ほど舌で嬲られ感じ入った花芯を舌先で押しつぶした。

気持ちがいいと言うよりもビリビリと電気でも走り抜けたような刺激に頭の中が真っ白になる。

「あっ、あっ……やっ……あ、あ、あぁッ‼」

涼音の唇から一際甲高い嬌声が漏れて、華奢《きゃしゃ》な身体がガクガクと痙攣《けいれん》する。ピンと張りつめていた四肢が弛緩《しかん》するのと同時にドッと汗が噴き出してきた。

賢人の愛撫で淫らに感じて喘いでしまったことが恥ずかしくて、脱力感と共に羞恥が一気に押し寄せてくる。いつも自信たっぷりに指示を出している後輩にこんなふうにいやらしい姿をさらしてしまって、もうどうしていいのかわからない。

涼音は身体を押さえ付ける力が緩んだのをいいことに、せめて顔を見られないようベッドに俯《うつぶ》せになった。恥ずかしくて消えてしまいたい。というかできればもう二度と賢人と顔を合わせたくない。そんな気持ちだった。

すぐそばで賢人の動く気配を感じてわずかに視線だけをそちらに向けると、ベッドの横で賢人がスラックスと下着を脱ぎ捨てている。

この続きがあることはちゃんと知っていたはずなのに、初めての強い愉悦を味わったばかりの涼音は他人事のようにその様子を見つめていた。

すると支度を終えた賢人が視線に気づき、涼音の上に覆《おお》い被《かぶ》さってきた。

剝き出しになった背中にチュッとふたつみっつキスをして、涼音の細腰を両手で引き上げる。

「後ろから入れて欲しいの？」

「え」

やっと自分の状況に気づいた涼音が小さく声をあげるが、賢人はその異変に気づかない。

「いいよ、俺ももう我慢できないし」

足の間に硬いものを押しつけられて、口淫で蕩けた花弁に擦りつけられる。

「あ……あぁ……ん」

ぬるぬると熱く張りつめた雄芯の大きさに驚いたが、それを口にする間もなく蜜口に硬い切っ先を押しつけられた。

「……っ」

「挿れるよ」

ぬるりとした先端が膣孔の入口を押し開く。たっぷりとほぐされた膣壁を割って肉竿が侵入してくる。薄い粘膜をひき裂くような痛みに悲鳴が漏れそうになるが、涼音はシーツに顔を埋め必死でそれを飲み込んだ。

「……ふ……ぅ」

しかし最初は我慢できると思っていた痛みは次第に強くなっていく。涼音は声が出ないように必死でシーツを握りしめた。

「あ……ん……ぅ……」

「……きつ……涼音、もっと力抜いて」

賢人は掠れた声で呟くと、一旦腰を引き今度は背後から押さえ付けるようにしてのしかかってきた。

次の瞬間下肢に我慢できないほどの激痛が走って、涼音はとうとう悲鳴をあげながら背を大きく仰《の》け反《ぞ》らせた。

「いやぁ……っ！　痛いぃっ！」

尋常でない涼音の叫びに腰を突き動かしかけていた賢人が動きを止める。

「え……待って……痛いって」

背後から狼狽《うろた》えた声が聞こえるが、あまりの痛みに事情を説明できそうにない。少しでも動いたらこのまま身体がひき裂かれてしまうような気がして、涼音は不自然な格好で固まったままだ。

「先輩、今まで彼氏いたんですよね？」

なぜか先ほどまでの熱っぽい口調からいつもの敬語に戻っているが、それを指摘する余裕はない。

「は、ん……い、一応……」

でも最後に付き合ったのは大学のときで、キスをして手を繋いだだけのほぼ清い関係だ。社会人になってからはずっとひとりで、あれこれ言われたくなくて彼氏がいるふりをしていた。

居酒屋での会話の流れでフェイクの彼氏と別れた話はしたが、そのときはこんなタイミングで嘘をついていたことがバレるとは思っていなかったのだ。

「もしかして……一度抜きますから、ちょっとだけ我慢してください」

動けずに俯せになっている涼音の耳元で、賢人が落ち着いた声で言った。

「ひ……っ」

腰を支えられたまま鈍い痛みと共に雄芯が引き抜かれ、ホッとした涼音はそのままへたり込んだ。

まだズキズキと痛むが、先ほどの比ではない。でもみんながなぜこんなにも痛いことを乗り越えているのかが不思議だった。

すると俯せになっていた肩を乱暴に摑まれ仰向けにされる。驚いて見上げると、目の前に迫った賢人の顔はなぜか怒っているように見えた。

「後藤、くん……？」

「先輩、もしかして初めて、ですか？」

探るような目付きで見下ろされ、涼音は仕方なく頷いた。そして次の瞬間賢人の両目が怒りの形につり上がる。

「あ、あなたバカですか!?　処女なのに誰でもいいから結婚したいとか、絶対口にしちゃいけないヤツですよ！」

突然怒鳴りつけられて、呆然としてしまう。

「……どうして怒るの？」

先ほどまで優しかった賢人に怒鳴りつけられたショックで、涼音は涙目になった。よく聞く、処女は面倒くさい、処女だと知っていたら手なんて出さなかったのに、というアレだろうか。

身体の痛みはまだ続いていて、堪えきれなくなった涙が目尻から溢れてしまい、賢人が仕方なさそうに溜息をついて涼音の身体を抱き寄せた。

「ごめん、痛い思いをさせて。知ってたらもっとゆっくりしたのに」

広い胸の中に抱き寄せられ、その温かさにホッとしてしまいさらに涙がポロポロと溢れてくる。どうやら処女を嫌っているわけではないらしい。

「後藤くんは……悪く、ないから……」

悪いのは涼音だとわかっているのに謝ってくれる賢人の優しさに胸が熱くなる。というか彼の方が被害者で、涼音が謝らなければいけない立場だ。

「痛い思いをさせたのは悪いと思ってるけど、涼音を抱いたことは謝らないよ。涼音みたいな女性に迫られたら誰だって断れないだろ」

上司に迫られて断れなかったという賢人の言い分は当然だ。女性と男性は感じ方が違うし、男として据え膳食わぬは……ということだろう。

これは完全なパワハラで、賢人は間違いなく被害者だ。謝って許してもらえるものでもないが、やはり謝りたい。

「ごめ……」

そう口に仕掛けた謝罪の言葉を賢人が遮った。

「もしかして、相手は誰でもいいから処女を捨てたいと思って俺に迫ったの？」

「……え？」

一瞬意味がわからなかったが、確かに上司に迫られたのならそういう理由があったのだと誤解してもおかしくないと気づく。でも賢人にだけはそんなふうに見られたくない。

「違う」

涼音は賢人を見上げて小さく呟くと首を横に振る。

「そんなこと言って、本当は誰でもよかったんだろ。だったら宮内さんにしてもらえばよかったんだよ」

どうしてそんなひどいことを言うのだろう。賢人がこうして抱きしめてくれているのでなければ、泣き出していたかもしれない。

「オジサンの方が経験だって豊富だし、俺よりうまいかもね」

拗《す》ねたように呟く賢人を見上げて、涼音は必死で首を横に振った。

宮内に今賢人としたようなことをされるなんてゾッとする。他の人にあんなふうに触れられることなんて想像したくもなかった。

「や……後藤くんとがいい」

涼音の唇から漏れた本音に、賢人の目尻がこれ以上ないと言うぐらい優しく下がり、唇には甘い笑みが浮かぶ。

見つめられるだけで胸がいっぱいになってしまいそうな甘やかな眼差しに見蕩《みと》れていると、賢人は涼音の額にソッと唇を押しつけた。

「よく言えました。もう俺とあなたは夫婦なんだから、他の男のところには行かせないよ」

言葉と共にギュッと抱きしめられて、涼音は自分より少し高い賢人の体温の心地よさに目を閉じた。

今だけの関係でもこんなほっこりとした気持ちになれるなんて、本当の恋人同士だったらもっと幸せを感じるのだろうか。その相手が賢人だったらよかったのにとまで思ってしまう。

涼音はそのとき初めて、自分は人肌の温《ぬく》もりが恋しかったのだと気づいた。ずっとこうして直に誰かと温もりを分け合いたかったのだ。

賢人は後輩で、流れで致し方なく涼音を抱いただけで本物の夫婦ではない。でも今夜だけなら許されるのではないだろうか。

「ね……っ、続きしないの？」

涼音は試しに賢人を見上げてそう口にした。すると賢人はわずかに眉間に皺を寄せた。

「さっき、痛い思いをしたばっかりだろ」

確かに痛かったけれど、大きな手で身体を愛撫されたり、こうして賢人と触れあったりするのは嫌いではない。むしろもっと感じてみたいと言ったら賢人は軽蔑するだろうか。

「でも……後藤くんとちゃんとしたい、から」

もう一度強請るように見上げると、賢人は「はあぁぁぁっ」とあからさまに大きな溜息をついた。

「後藤、くん?」

もしかして怒ったのだろうか。

「……涼音って、実は質《たち》が悪いよね。そんな顔でおねだりされて断れるわけないだろ」

その口調は少し怒っているみたいだ。

「もしかして……これってパワハラ?」

恐る恐るそう尋ねると、賢人は涼音の身体に回されていた腕の力を緩めた。

「まさか。むしろ俺に得しかないでしょ」

楽しげにそう呟くと、賢人は勢いよく身体を起こしてあっという間に涼音を組み敷いてしまった。

「ほら、もう少しほぐすから力抜いて」

賢人はそう言いながら涼音の唇をキスで塞ぐ。

「……んふ……ぅ……」

すぐに熱い舌が絡みついてきて、なにも考えられなくなる。そして先ほどまでたっぷり蕩かされていた足の間に賢人の指が潜り込む。

後ろから挿入されたときに感じた痛みを思い出すよりも早く、蜜孔に長い指が滑り込まされていた。

「ひぁ……ン！」

思わず身を捩ると、賢人からは安心したような吐息が漏れた。

「ああ、まだ濡れてるね」

そう言いながら太い指を付け根まで膣洞にねじ込む。

「どれぐらい慣らせば痛くないかな。さっき指を二本入れたときは気持ちよさそうだったけど」

次第にふたりの間からはくちゅくちゅとなんともいやらしい水音が聞こえてきて、涼音は恥ずかしさのあまり賢人の首にしがみついた。

「や、もういいから……早くして」

これ以上こんないやらしい囁きも水音も聞きたくない。

「さっき痛いって半べそになってただろ？　まだ早いよ」

「い、いいの！」

思わず強く言い返すと、賢人はやれやれと言いたげな顔で涼音を見下ろした。

「さっきは後ろからでよくわからなかったと思うけど、これ挿れるんだよ」

賢人は諭すような口調で言うと、涼音の片手をとって自身の下肢へと導いた。

手のひらに触れた生温かく硬い肉の感触に、涼音は目を見開いた。

「……こんなに、硬くて大きいの？」

子どものような質問に、賢人はプッと噴き出した。

「当たり前だろ。涼音が裸で俺の前にいるのにこうならないとおかしいの」

「そう、なの？」

「そう。だから少しでも痛い思いをさせないように涼音の胎内を広げてたの。最初から初めてだって言ってくれてれば、あんなに痛い思いなんてさせなかったのに」

申し訳なさそうに顔を歪《ゆが》める賢人に、涼音は慌てて首を横に振った。

「ううん。これでいいの」

賢人は十分優しくしてくれたし、途中でやめて欲しいと言わなかったのは自分だ。

「でも痛かっただろ」

「す、少しだけだよ」

本当はかなり痛かったけれど、これ以上賢人に罪悪感を持って欲しくない。賢人もそれに気づいているのか、後ろめたそうな顔をする涼音の額に唇を押しつけた。

「じゃあ今度はゆっくりするから」

「ん」

涼音が小さく頷くと、涼音の足を割って賢人の大きな身体が割り込んでくる。賢人がグッと体重をかけたとたん、足の間に硬いものが押しつけられた。

先ほどのようにすぐに雄芯をねじ込まれるのだと身体を硬くすると、予想に反して賢人は腰を使って自身を涼音の濡れた場所に擦りつけ始めた。

ぬるぬると硬いものが敏感な花弁を乱すだけで、涼音の身体は小刻みに震えてしまう。

「あ……ん……んん……」

自然と甘ったるい声が漏れて、賢人の雄芯が涼音の中から溢れた愛蜜にまみれていく。

散々唇と舌で愛撫された花芯にも硬い先端がグリグリと押しつけられる。それだけで身体の奥からドッとなにかが溢れてくるような気がした。

「あ、あぁ……ん」

「涼音、挿れるよ。我慢できなくなったらすぐにやめるから」

その言葉に頷いて、涼音はもう一度しっかりと賢人の首に腕を回した。

膨らんだ亀頭の部分が蜜孔にゆっくりと進入してくる。涼音は先ほどの痛みを思い出してギュッと目を瞑《つぶ》った。

肉竿が少しずつ隘路《あいろ》を割って涼音の胎内に侵入してくる。後ろからされたときのような性急さはなく、賢人が必死で自分を抑えてくれているのが伝わってきた。

「あ……ぁ……ん……」

熱い異物が身体の中に入ってくる圧迫感に、自然と背中が反り返ってしまう。

鈍い痺れのような痛みはあるが、最初のときのような身体をひき裂かれるようなものではなく、ふたりの身体がピッタリと寄り添ったのを感じて賢人の広い肩にしがみついた。

「はぁ……大丈夫？」

やっと自身を根元まで涼音の胎内に沈めることができたことに安堵《あんど》したのか、賢人が掠れた声で囁く。

「痛くない？」

気遣うように顔を覗き込まれて、涼音はお腹の奥に違和感を覚えながらぎこちなく笑みを浮かべた。

「うん……思ってたよりは、平気みたい」

このままずっと抱き合っていられたら気持ちがいいのに。涼音はそう口にしてしまいそうになり、慌てて言葉を飲み込んだ。

すると涼音が落ち着いた様子なのに安堵したのか、賢人がからかうように言った。

「よかった。ちなみに俺は涼音の胎内が最高に気持ちいいからずっとこうしていたい」

賢人はそう言って笑うと、涼音の唇にキスをした。

「ん」

まるで考えていたことを代弁されたようで胸の奥が擽ったい。本当に賢人も同じ気持ちでいてくれるのなら嬉しいけれど、すぐにそんなことを考えている余裕がなくなった。最初は様子を見るように申し訳程度に腰を揺らされていたのに、賢人がその動きを少しずつ激しくしたからだ。

「涼音が気持ちいいところはどこかな」

そう言って、お腹の奥の感じそうな場所をひとつずつ突いていく。最初は圧迫感と鈍い痛みでよくわからなかったが、徐々に隘路が潤んできて、身体の奥がムズムズと疼《うず》いてくる。

「ん、はぁ……」

口淫で達したときのような熱が少しずつ湧き上がってきて、腰を押し回されたとたん、思わず嬌声を漏らしてしまった。

「少し……濡れてきたね」

賢人は大きく肉竿を引き抜くと、深いところに突き戻すという行為を繰り返す。浅いところを何度か擦り、それからさらに最奥を突くことを繰り返され、涼音はいつの間にか賢人の下で甘い声を漏らしていた。

「あ、あぁっ……ン！」

「いい声。さっき指でしたときも、ここを擦ったら一番いい声が出てたの覚えてる？」

自分でもどこが気持ちいいのかわからないのに、覚えているはずがない。

「わ、わからな、い……」

涙目でふるふると首を横に振ると、賢人は甘やかすような眼差しで涼音を見下ろした。

「まだ胎内でいけないと思うけど、ちゃんと気持ちよくするから」

そう言うと、涼音が怖がらないように辛抱強く優しい抽挿を繰り返す。あまりにも優しい愛撫に、もどかしささえ感じてしまうほどだ。

「はぁ……俺の奥さんめちゃくちゃカワイイ」

そう言ってピッタリと胸を押しつけられると、賢人の体温を感じて気持ちがいい。

「会社では男をとっかえひっかえしてるって噂の人が、実はこんなに初心《うぶ》な人だってみんなが知ったらどうなるのかな」

「やぁ……っ、ん……ぅ」

そんなこと言わないで欲しい。こんな姿を見られるだけでも恥ずかしいのに、それを誰かに知られたら、二度と会社になど行けなくなってしまうだろう。

「おねが……いわない、で……あぁ……っ」

「大丈夫。こんないやらしくてカワイイ涼音は俺だけのものだから、誰にも教えない」

頭の芯まで蕩けてしまいそうな甘い言葉を何度も囁かれてもうなにも考えられない。

涼音は半ば気を失うように眠りに落ちるまで、賢人の激しい劣情に翻弄され続けた。

2

「……涼音」

深い深い眠りの中で突然名前を呼ばれ、誰かの手が髪をかき上げるのを感じて、涼音はゆっくりと瞼をあげた。

「目、覚めた?」

「んんぅ……」

返事を返そうと思って出てきたのは、図らずも唸り声だった。身動ぎしたとたん頭がガンガンと痛んで、言葉を発することができなかったのだ。

ギュッと目を瞑って頭を抱えると、頭上から笑いを含んだ声が落ちてきた。

「頭が痛いんだろ」

「……うん……」

完全に二日酔いの症状だ。こうなってしまうと午前中は使い物にならないことは、過去の経験でよくわかっていた。

「ほら、薬飲んで」

声の主が誰かも考えず、そろそろとベッドの上に起き上がった涼音は差し出された薬と水を受け取り、一気に流し込んだ。

「ううぅ……」

手の中からグラスを取り上げられたとたん、そのままベッドに沈みこむ。

「だから飲み過ぎだって言ったのに」

「……」

そこまで会話をして、涼音は声の主が誰なのかを思い出し再び飛び起きた。

いきなり起き上がったせいで、頭の中で地震でも起きたかのようにぐらぐらと揺れる。

「あ……っぅ」

「なにやってるの。ほら、もう少し水飲む？」

「……なんで」

なぜ賢人がここにいるのか。そして、なぜ自分は裸でベッドにいるかという理由が頭の中に次々と浮かび上がってくる。

「きゃあっ」

慌てて上掛けを引き上げて包《くる》まりながら、すでにスーツ姿でこちらを見下ろしている賢人の顔を見上げた。

「まさか、昨日のこと覚えてないなんて言わないよね？」

疑いの眼差しで見つめられ、涼音は泣きたくなった。

「……覚えて、なくもない……」

覚えていないどころか、夢にしてははっきり鮮明に賢人に抱かれた記憶が残っていて、その名残だろうか身体中が痛い。特に下肢の違和感は昨夜なにが起きたのかの証拠だ。

というか断片的だが居酒屋で賢人相手に結婚するとごねたり、身体の関係を迫った記憶がある。彼が上司に強要されたと会社に訴えれば大問題になる案件だった。

「良かった。お酒のせいにされて、全部なかったことにされたらどうしようかと思ってたんだ」

「……っ」

素直に覚えていると口にしてしまったが、覚えていないととぼけることができたのだ。もしかしたらその方が穏便に済ますことができたかもしれない。

「今、そうすれば良かったたって思っただろ」

すかさずそう突っ込まれ、涼音はぎこちなく首を横に振った。

「ま、まさか……ちゃんと、責任とります……」

やはりこれをうやむやにしてしまうのは、男性社員のセクハラと変わらなくなってしまう。起きてしまったことは仕方がないのだから、誠心誠意謝罪をして賢人に許してもらうしかない。

「責任とるって、それって男の台詞だろ。大丈夫、俺も涼音の処女をもらった責任はちゃんととるから」

——死にたい。もういっそ消えてしまいたい。

「昨日の涼音、俺の腕の中で甘えて可愛かったな～会社での顔と別人で、俺も昂奮《こうふん》しちゃって」

賢人の声が嬉しそうに弾んでいるのが、さらに自責の念を刺激する。

「……ごめん。今はそれぐらいで……」

平日の朝に二日酔いというだけでもダメージなのに、腕の中で甘えただの昂奮しただの聞き続けるのは耐えられない。

「そっか、もうこんな時間だ」

その言葉に時計を見るが、まだ朝の六時だ。いつもの涼音ならまだぐっすりと眠り込んでいる時間だった。

慌ただしくスーツのジャケットを羽織る賢人を見て、涼音は思わず問いかけた。

「どこに行くの？」

「俺、一度自分の部屋に着替えに帰るから、涼音も二度寝しないで起きて支度してね。ちゃんとシャワー浴びて。ああ、朝ご飯作ってあるから、良かったらお味噌汁《みそしる》だけでも飲むと楽になると思うよ」

賢人はそう言うと手を伸ばして、大きな手のひらで涼音の頬を撫でる。顎に手をかけ上向かせると、チュッと唇に触れるだけのキスをした。

「じゃあとで。もしどうしても体調が悪そうだったら連絡して。涼音の仕事、フォローするから」

「……」

賢人は呆然とする涼音の頭をクシャクシャッと撫でて部屋を出て行った。

ひとり残されたワンルームには賢人が作ったという味噌汁の匂いが漂っていて、それが間違いなく夢をみていたわけではないと知らせている。

「……怒ってなかったよね？」

むしろハプニングでいたしてしまったわりに、なんだか恋人同士のような甘い雰囲気だった。会社では先輩後輩の仲だが歳は同じだし、ただの男と女としてなら賢人の方が大人の余裕がある。

しかもいつの間にか呼び捨てにされているし、彼に敬語を使わず話しかけられるのは不思議な感じがする。

お酒の勢いで男性と一夜を過ごすとか、処女喪失とか、しかも相手が後輩とかあまりにも情報が盛りだくさんで頭がパンクしそうだ。

起きてしまったことは仕方がないとしても、この事態を収拾するのは上司として当然のことだ。賢人には謝罪して、今回のことは水に流してもらうしかない。

もし賢人が許せないと言うのなら涼音が異動願いを出し、彼となるべく接する機会を減らすしかないだろう。

賢人に申し訳ないという気持ちと、せっかく大きなプロジェクトに抜擢されたのにと、こんなときなのに自分の立場を守りたいと思ってしまう自分勝手な考えにうんざりしてしまう。

万が一退社することになったら？　そこまで考えて昨夜の自分のバカさ加減に泣きたくなった。

とにかく会社に行って賢人と話し合おう。そしてなるべく彼が納得できる形で責任を取るのだ。

涼音はそう心に決めると、まだぐらぐらと揺れる頭を抱えてベッドから這《は》い出《だ》した。

せっかく大急ぎで支度をして出社したが、始業前に賢人を捕まえることはできなかった。

彼が涼音を避けていたわけではなく、オフィスに入ってきたのが始業ギリギリだったからだ。自宅に着替えに帰ると言っていたからいつもより遅くなったのだろう。

「先輩、おはようございます」

何事もなかったように爽やかな笑顔を向けられ、一瞬今朝の会話は夢だったのではないかと思ってしまう。涼音も唇だけでぎこちない笑みを浮かべて挨拶を返しただけで、すぐに朝礼が始まってしまった。

メーキャップセクションの朝礼は三チーム合同で行われ、大抵は各チームの課長か涼音のような主任が司会進行をする。今朝は涼音の直属の上司、第二チームの課長があれこれ連絡事項を読み上げていた。

毎日大きな連絡があるわけではないので、朝の挨拶の他は管理部から残業が多いと注意を受けているとか、経理から領収書の宛名が正式名称ではないとクレームが来たとかそんな伝達をするぐらいだ。

「じゃあ他に連絡事項がなければ」

課長が全体を見回してそう言いかけたときだった。

「はい。私事なんですがちょっとだけお時間いただいてもいいですか」

涼音は背後から聞こえた声にギョッとして振り返る。声の主は予想通り賢人で、片手を顔の横にあげ課長に向かって合図を送っていた。

「後藤か、なんだ?」

賢人が課長の言葉に頷いて一歩前に進み出る。なにを言うつもりなのだろう。まさかこんな公の場で昨夜のことを暴露するつもりではないと思いたい。

するとと賢人はそのまま涼音の前まで歩いてきてその隣に立った。

「僕たちから皆さんにご報告があります。実は兼ねてからお付き合いさせていただいた野上涼音さんと昨夜入籍いたしました」

賢人の言葉にその場が一瞬しんと静まりかえって、それからワッと歓声が上がった。女子社員の間からは悲鳴にも似た声が聞こえて、涼音は頭の中が真っ白になった。

みんなが口々になにか言っているけれど、わんわんと耳鳴りがしてよく聞こえない。

自分の名前が聞こえたような気がするけれど気のせいだろうか。そう思って賢人を見上げたとたん優しく微笑みかけられ、ドキリとして一瞬息が止まってしまった。

——確信犯。なぜかそんな言葉が脳裏に浮かぶ。

「……っ」

賢人は思わず赤くなってしまいそうなほどたっぷりと時間をかけて涼音を見つめてから、ゆっくりと視線を同僚たちに向けた。

「突然で驚かれるかと思うんですが、彼女がプロジェクトで忙しくなるとますます会える時間が減るので、せめて入籍だけでもしたいっていう俺のわがままでこういうことになりました。事後報告で申し訳ありません」

こんなこと誰も信じるはずがない。今まで付き合っているそぶりもなかったし、そもそも賢人と自分がいきなり結婚なんて冗談としか思えないし、みんなが本気にするわけがなかった。

「ということで皆さん、夫婦共々よろしくお願いします」

誰かがおかしいと言ってくれるかと思ったのに、その代わりにたくさんの笑顔と拍手の音が耳に届いて、よく覚えていないけれどそのとき自分は呆然としていたと思う。

課長がお祝いの言葉で朝礼を締めくくると、待ってましたとばかりに同僚たちが涼音と賢人の元へと押し寄せてきて質問攻めにする。

「えーどっちからお付き合い申し込んだんですか」

「というか、いつからお付き合いされてたんですか？　全然気づかなかったですよ！」

「電撃入籍だな！　おめでとう！」

「おめでとうございます～もう一緒に住んでるんですか？」

「お式はどうするんですか？　主任のウエディングドレス見たいです！」

口々に浴びせかけられる質問やお祝いの言葉に戸惑っていると、涼音への質問まで賢人がひとつひとつ丁寧に答えていく。まるで涼音に余計なことを言わせないようにしているみたいだ。

「俺から申し込んだに決まってるじゃないですか。涼音さん忙しいしモテる人だから」

――私が酔っ払って思いつきと勢いで結婚を迫っただけなのに。あまり覚えてないけど。

「付き合い始めはナイショ。ふたりだけの秘密だから」

——さすがに昨夜いきなりベッドに雪崩《なだ》れ込んだとは言えないよね。

「ありがとうございます。事後報告になってすみません。引きつづきよろしくお願いします」

——私だって入籍した覚えなんてないのに、なにをよろしくするのよ！

「まだ住む場所も決まってないいんだ。とりあえずはお互いの家を行き来する通い婚かな」

——そりゃそうでしょ。後藤くんが勝手に発表して私は承諾してないんだから。

「彼女の仕事が落ち着いたら考えるよ。俺も涼音さんのウエディングドレス姿を見たいしね」

いちいち心の中で反論していた涼音に向かって、賢人が蕩けてしまいそうな微笑みを向けると女子社員からは悲鳴にも近い声があがる。

「やーん‼　うらやましい～先輩超幸せじゃないですか！」

「うんうん！　お式は絶対やってくださいね。私たち全力でお手伝いしますから！」

「……あ、ありがとう」

後輩たちにキラキラとした眼差しで見つめられて、涼音はぎこちなくそう口にした。

——いやいやいや。自分もそこでお礼を言っちゃダメでしょ！

嘘ばかり並べ立てているのに、誰もそれを疑問に思わないなんておかしい。なによりこの場で嘘だと言えずに流されている自分が一番おかしかった。

それにしても賢人はとんだ猫かぶりだったらしい。人当たりが良く愛想がいい、強いて言えば少し要領のよすぎる後輩だとは思っていたが、涼しい顔でここまで嘘を並べ立てられる男だとまでは思わなかった。

よく飼い犬に手を噛《か》まれると言うが、なんだか可愛がっていた子犬が突然狂犬にでもなって飛びかかってきたような気分だ。

「それにしても、まさか後藤くんと付き合ってたとは思いませんでしたよ～」

茉莉が少し拗ねたように言った。

「先輩なかなか彼氏紹介してくれないし写真すら見せてくれないから、実は架空の彼氏かもって少し疑ってたんです」

〝架空の彼氏〟という言葉にギョッとする。

「……そ、そうなの？」

「だって先輩忙しいでしょ。土日もプライベートで店頭調査とか行ってるし、月曜日にはその報告書が仕上がってるし、いつ彼氏と会ってるのかなっていつも思ってたんです」

「……」

「でも後藤くんなら納得です。彼、いつも先輩だけ特別扱いだったし、そういうことだったんですね。休みの日にデートがてら店頭調査してたんでしょ」

それは茉莉の誤解だ。彼は誰にでも満遍なく愛想良くしているし、自分だけを特別に扱っていたとは思えない。

涼音はすぐそばで同僚たちと話す賢人を振り返った。

年上の既婚男性たちに囲まれて、なにか言われるたびに少し照れたようなはにかんだ笑顔を浮かべて受け答えをしている姿はいつもの賢人だ。

この盛り上がりの中で嘘だとは言い出せず流されてしまったが、やはりこのままではいけない気がする。なるべく早く訂正してみんなに謝罪した方が、お互いの傷も浅くて済むはずだ。

涼音は賢人たちの話の合間を狙って、彼の袖を引いて囁いた。

「後藤くん！　ちょっときて」

すると耳ざとい茉莉がそれを聞きつけ声をあげた。

「えー先輩は苗字《みょうじ》呼びなんですか？　もしかして夫婦別姓？」

「え？　えっと……」

そもそもそんなことを考える間柄ではないのだから答えようがない。すると狼狽える涼音の代わりに賢人が口を挟む。

「もちろんふたりのときは違うけど、仕事上その方が便利だからね。後藤なんてよくある苗字だし電話応対とか面倒でしょ。まあ涼音さんが仕事でも俺の苗字になるっていうならそれはそれで大歓迎だけど」

「きゃーん。やっぱり名前呼びなんだぁ！　ラブラブですね！」

これ以上みんなに誤解されたら、さらに嘘だったとは言い出しにくくなる。もう十分引き返せないところまで来ているけれど、少しでも騒ぎを大きくしたくない。

「い、いいからちょっときてってば！」

涼音はみんなが見ていることも忘れて、賢人を半ば強引に資料室まで引っぱっていった。

「なんなのよ、あれは！」

賢人が資料室の扉を閉めたとたん涼音の怒りが爆発した。

「なにって、結婚の報告は早い方がいいじゃないですか」

涼音の部屋では遠慮のない砕けた口調だったのに、後輩モードでそんなことを言われるとなんだか調子が崩れる。今朝のような〝男〟としての態度なら、こちらも怒りがぶつけやすいのにと思いながらなんとか賢人を睨みつけた。

「後藤くん、私が酔って迫ったのを怒ってるんでしょ？　だからってこんなふうに仕返ししなくたって。こんな大嘘《おおうそ》つくぐらいなら、パワハラをされたって部長とか課長に報告すればよかったじゃない」

涼音の悪い噂は部長の耳にも届いているはずだから、賢人が訴えれば誰もが信じるはずだ。

「先輩こそなに言ってるんですか？　俺たち昨日結婚したじゃないですか」

「は？　なに言って」

賢人は昂奮している涼音の前でポケットから取り出したスマホを操作すると、その画面を見せた。

「はい、証拠です」

「……え」

それは記入済みの婚姻届の写真で、妻となる人の部分には自分の名前が記されている。

「本当に覚えてないんですか。昨日コンビニで印刷して、ふたりでその場で記入したじゃないですか」

「コ、コンビニ⁉」

「そうですよ。最近は婚姻届も離婚届もアプリでダウンロードすればコンビニで印刷できるんです。便利ですよね。ほら、区役所の深夜受付窓口の前で撮った記念写真も」

賢人が指で画面をスライドさせると、画面には婚姻届を手にふたりで並んで笑っている写真が表示され、涼音はその場に膝から崩れ落ちそうになって片手で書棚の端を握りしめた。

「う、うそ……そんなことしてないし……」

強く否定したいが、婚姻届の文字は間違いなく自分のものだ。しかも顔まで写っている写真を見せられては記憶がないとしても、自分ではないと言い逃れできない。

もしかしたらこれも冗談のひとつなのかもしれないと、涼音は賢人に疑いの眼差しを向けた。

「け、結婚の真偽は置いておくとして、だからって勝手にみんなの前で発表しなくても」

「だってそうしなかったら先輩のことだから『昨日はごめんなさい！』とかなんとか言ってうやむやにされそうで」

「……」

謝罪だけで済ますつもりはなかったが、うやむやにするつもりだったのは概《おおむ》ねその通りだ。

「先輩の方から俺に結婚を迫ったんじゃないですか。婚姻届だって自分から進んで書いてましたし、俺は一度も強制してないですよ」

「……だから、その辺がよく……よく覚えてなくて」

思わず本音を口にすると、賢人の顔があからさまに不機嫌になる。いつも笑顔を絶やさない彼のそんな顔を見るのは初めてで、涼音が後ろめたさに俯《うつむ》いたときだった。

目の前で賢人の腕がサッと動いて、一瞬頬を叩かれるのかと身構えたが、その手は涼音の背後の書棚に押しつけられていた。

頬の真横に突き立てられた腕の気配にこれがあのかの有名な壁ドンかと視線をあげ、こちらを見下ろす賢人の眼差しに息を飲む。

「……っ！」

想像していたよりも顔が近い。自然と今朝出かける間際に頬を撫でられ口づけられたことを思い出させる距離だった。

「覚えてないで済むと思ってるんですか」

そう呟いた賢人の声は明らかに怒っていて、少し怖い。

「だって……後藤くんだって強引に迫られて、しかもそれを覚えてない女と結婚したくなんてないでしょ。じ、事故みたいなもので……」

口にしてから言うのもなんだが、事故で片付けようとするなんて我ながらゲスな考えだ。賢人もそう思ったのだろう。苛立《いらだ》ったようにさらに顔を近づけた。

「普通そういうこと、女性が言う？　それって俺に事故にでも遭ったと思って泣き寝入りしろって言ってるんですよね」

「……ご、ごめんなさい」

自分でもどうしてこんな状況になってしまったのか、いまだに困惑しているのにそんなに責めるような口調で言わないで欲しいと思うのは自分勝手すぎるのだろうか。

情けないことに涙が滲《にじ》んできてしまって、それを隠すように目を伏せると間近で深い溜息が聞こえた。

「別に謝って欲しいわけじゃないですから」

「……うん」

「先輩は俺と離婚したいんですか？」

賢人の口調が少し悲しそうに聞こえて、彼の目を見ることができない。

「離婚したら先輩も俺もバツイチになるけど」

「それは……本当にごめんなさい。後藤くんの籍に離婚歴がついちゃうのは申し訳ないんだけど、もし後藤くんが結婚するときは私がちゃんとその相手に説明して謝罪するから」

それに法律を調べれば案外無効にする方法があるかもしれない。わずかな期待を込めて賢人を見上げたけれど、返ってきたのはがっかりする言葉だった。

「俺は離婚するつもりはありませんよ」

どうして賢人はこんなに頑《かたく》ななのだろう。

「ねえ、冷静に考えてよ。私なんかと結婚しても後藤くんにメリットなんてないよ？　みんなの勤務評定はさせられてるけど、それだって主任クラスの評価なんて大して影響力なんてないし、そもそも後藤くんに悪い評定なんかつけたことないもの」

「へえ、俺のことちゃんと評価してくれてるんですね」

「そりゃしっかり仕事してくれるし、コミュニケーション能力高いし」

「ありがとうございます」

賢人は嬉しそうに微笑むと、あろうことか首を傾け涼音の唇にチュッと音を立ててキスをした。

「ちょ、ちょっと……！」

こんなところでキスをされると思っていなかった涼音は慌てて資料室の入口を見る。扉は閉めたが、いつ誰が入ってくるかわからない場所なのだ。

「そんなに慌てなくても大丈夫ですよ。さっき俺が鍵を閉めましたから」

「そ、そうだとしても、誰か来たとき鍵を閉めてふたりで籠もっていたらおかしいと思われるでしょ」

「夫婦でイチャイチャしてたと思われるだけですって」

「だから夫婦じゃ」

「とにかく俺は別れませんから」

思わず荒らげた声を遮るように、賢人がきっぱりと言い切った。

「そんなぁ」

資料室でいきなりキスしてきたことを怒っていたのも忘れて、涼音は情けない声をあげた。

「それにもう妊娠してるかもしれませんよ」

「えっ⁉」

涼音はギョッとして目を見開いた。

そういうことをしたのだから可能性はあるが、『明日雨かもしれませんよ』ぐらいのあまりにもさらりとしたノリで口にされて呆然としてしまう。

ぽかんと口を開ける涼音を見て、賢人が噴き出した。

「嘘です。ちゃんと避妊しましたよ。まあ妊娠させて囲い込むって手もあるんでしょうけど、さすがにそこまで鬼畜じゃないですから」

またまたとんでもないことをさらりと口にしたが、そのたびに感情がジェットコースターのように上下して、もう怒る気力も出てこなかった。

そもそも昨夜はなにもかも初めてで、避妊がどうとか気にする余裕もなかった。ということは、相手が賢人でなければどうなっていたかわからないということだ。

今朝から何度もつきつけられている自分の迂闊《うかつ》さにしゅんと肩を落としたときだった。

賢人がさらなる爆弾を投下した。

「どうしても離婚するって言い張るなら、先輩の部屋の本棚に詰まった恋愛マニュアル本の存在を会社でバラします」

「……は？」

これまで誰かを部屋に招くこともなく、本棚のラインナップを人に見られるなど想定していなかったけれど、彼が目にしたであろう本のタイトルが脳裏にひらめいた瞬間、涼音は悲鳴をあげそうになった。

「あ、あれは……！」

「本当は恋愛経験ないのに本に書いてあることを自分の経験みたいに話して、後輩にアドバイスしてたって聞いたらみんなどんな顔するかな。憧れの先輩は恋愛どころか男とろくに付き合ったこともなくて、昨日までは処女でしたって」

口角を上げてからかうような笑みを浮かべた賢人は、間違いなく悪役顔だ。

「ひ、卑怯者《ひきょうもの》‼」

「なかなかリアルで卑怯者って言われることないですよね」

罵るつもりでそう叫んだのに、賢人はそんな暴言など痛くも痒《かゆ》くもないらしい。それどころか面白がっているように見える。

そもそも彼が本気で結婚をする気なら、もっと可愛いくて大人しい女子社員がたくさんいて、餌などなくても釣り糸さえ垂らせば入れ食い状態のはずだ。

それなのに社内で男癖が悪いと噂される涼音と結婚をすると言い張るなんて、なにか目的があるに決まっている。

こうなったら彼の要求を速やかに処理して、婚姻関係を解消してもらうしかない。いつまでもこの問題に関わっていたら、大切なプロジェクトに全力を尽くすことはできなくなる。

そのためにはいちいち彼の言葉にカッとしたりせず、向こうの出方をきちんと観察して分析しなければいけない。交渉相手の観察は、マーケティングもする今の業務と大差ないのだからお手のものだ。

涼音は気持ちを落ち着かせるためにひとつ咳払《せきばら》いをしてから口を開いた。

「なにが目的？　そっちの要求を聞こうじゃないの」

相変わらず壁ドン状態で居心地が悪いが、こっちが動揺するから面白がって悪乗りしてくるのだ。その手にのらないことを示すためにも、涼音は厳しい眼差しを向けた。

「急に物々しくなりましたね。その言い方じゃまるで俺が悪いことを企《たくら》んでいるみたいに聞こえるんですけど」

「実際そうなんでしょ。なにか目的がなければ私と結婚するなんて言わないはずだもの」

「目的、ですか」

賢人はそう呟くと含みのある眼差しで涼音を見つめた。

どんな要求を出そうか考えているのだろう。なにを言われても動揺しないよう身構える涼音の前で、賢人は口の両端をつり上げる。

「とりあえず卑怯者の要求としては、今夜ふたりで食事をして今後のことを話し合う時間を作って欲しいです」

賢人がわずかに身を乗り出したから、ふわりと甘い匂いが鼻腔《びこう》に忍び込んでくる。それは涼音が使っているボディソープの香りで、彼が今朝涼音の部屋でシャワーを浴びたのだと教えていた。

嗅ぎ慣れた匂いのはずなのになぜか心臓がドキドキしてしまい、それを誤魔化すために口調がさらに強くなる。

「なによ、それ。私は後藤くんの目的を聞いているのに」

唇をへの字に曲げて賢人を見上げると、彼は小さく首を傾げた。一瞬またキスをされるのではないかとドキリとしてしまう。

「目的は涼音先輩といい夫婦になることですよ。それに自分の奥さんと食事するのは当然の権利だと思います。だいたい先輩、さっきみんなにされた質問にひとつも答えられなかったじゃないですか。それって俺たちがこれからどうしていくか話し合っていないからでしょ。どこに住むかも決めてないし、先輩が本当に離婚したいのかどうかも含めてゆっくり話し合いましょう」

諭すように言いきかされ、一瞬自分が間違った主張でもしている気になったが、この結婚さえなくなれば話し合う必要のない事柄ばかりだ。

「だ、だから奥さんじゃないってば。こんなのおかしいし！　飲み過ぎた私も悪いけど、後藤くんだって酔っ払いの戯《ざ》れ言《ごと》をきっぱり断ってくれればよかったんだよ」

「こっちこそさっきから言ってるじゃないですか。俺の方は問題ないから先輩と結婚したって」

賢人はこの場で折れるつもりはないらしい。のらりくらりとかわされて、いい加減面倒くさくなってきた。

このまま続けても堂々巡りだし、そろそろオフィスに戻らないとさすがに公私混同だと怒られる。それに時間をおいた方がまたいい対応策が思いつくかもしれない。

涼音はひとつ溜息をついて気分を切り替えた。

「もういい。とりあえず仕事に戻ろう」

涼音はスッと賢人の腕の中から抜け出すと扉の方へ足を向ける。すると賢人の声が追いかけてきた。

「案外、淡泊なんですね」

その口調は呆れているようにも聞こえ、涼音は振り返った。

「そう？　もうなんか考えるのが面倒くさい」

「ほらそういうとこ。仕事だったらすごい集中力で絶対諦めたりしないのに」

その声には悔しさが滲んでいて、怒っているようにも聞こえる。

「諦めてないわよ。そろそろ仕事に戻らないとみんなにも迷惑がかかるからよ。今夜また話し合いましょ。それなら文句ないでしょう？」

そう言い捨てて資料室を出て行く涼音を賢人が追いかけてきて隣に並ぶ。

「とりあえず、先輩が仕事よりも俺に興味を持ってくれるように努力しないとダメみたいですね」

「なに？」

「目的のことですよ」

「……」

さっき問《と》い糾《ただ》したのは婚姻関係を解消しない理由としての目的だ。賢人はなにか誤解しているのだろうか。

涼音は疑問を感じつつもそれ以上賢人とやりとりを続けるのが不毛な気がして、答えを求めることを諦めた。

3

ふたりの電撃入籍のショックはその日一日続いていて、賢人の言う通りなにも決まっていないどころか早くこの騒動を否定したい涼音は、質問をされるたびに当たり障りない返事をすることに必要以上に神経を使う羽目になった。

あとで婚姻関係を解消したとき辻褄《つじつま》が合うよう、資料室で口裏を合わせておけばよかったと考えてしまうほどだった。

しかもそのせいで日々の業務が少しずつ滞ってしまい、終業時間になってもその日やる予定でいたタスクをいくつか残すことになってしまった。

賢人と食事の約束をしたが、日を改めてくれるように伝えようか。そう思ってぐるりとオフィスを見回したが賢人の姿はない。

行き先を記入するホワイトボードには打ち合わせのための外出としか記されておらず、帰社時間まではわからなかった。

「うーん」

スマホのメッセージにはなにも届いていないから、外での打ち合わせが長引いているのだろう。もう少し仕事をして賢人が姿を見せないのなら、こちらから断りの連絡を入れればいい。その間に少しでも仕事を進めたくて、涼音は着ていたジャケットを椅子の背にかけてパソコンに向き直った。

どれぐらいたっただろう。昼間やりかけだった資料の作成に集中していると、

「やっぱり。まだいた」

という聞き覚えのある声に、涼音はパソコンのディスプレイから視線をあげた。

オフィスに残っているのは涼音だけで、賢人が机の間を縫ってこちらに歩いてくる。なんだか昨日の夜と似たようなシチュエーションだ。

ということは自分らしくもなく二日続けて残業をしていることになる。これでは後輩に示しがつかないと考えているうちに賢人の不機嫌な顔が近づいてきた。

「携帯に連絡入れたんですけど」

「え？　ごめん」

慌ててデスクの端に置いてあったスマホを手に取ると、賢人からのメッセージと着信がいくつか残されていた。

「先輩のことだから一度約束したら無断でドタキャンはしないって信じてましたけど、仕事の優先順位が高すぎませんか？　ていうか俺の順位が低すぎます」

こんなにあからさまに不機嫌を露わにする賢人は見たことがない。まるで子どもが拗ねているみたいだ。

「せっかく外で待ち合わせようと思ったのに」

「ごめん。後藤くんから連絡がくるまで仕事しようと思ってたら集中しちゃって」

「先輩の方から連絡くれればよかったじゃないですか。なにやってたんですか」

賢人が拗ねた顔のまま背後からパソコンのディスプレイを覗き込んだ。

「これ、今日じゃなくてもよかったんじゃないですか？　先輩がわざわざやらなくても猪狩さんあたりに頼めばいいじゃないですか」

「そういうわけにはいかないよ。茉莉ちゃんも結構仕事抱えてるし、私のせいで残業させたら可哀想じゃない。ちょっと待ってて。今、保存しちゃうから」

幸い今作成しているファイルは自宅からもアクセスできるから、今夜自宅のパソコンで作業しようと思ったのだ。

「先輩、それお持ち帰りしようとしてますよね？」

「あ、うん」

「明日朝イチで俺がやりますから送ってください」

「い、いいよ。すぐ終わるし」

「すぐ終わるならなおさら俺でもいいですよね。今すぐ送ってください」

なぜか厳しい口調で押し切られて、涼音はやりかけのファイルを賢人宛に送った。

「先輩が後輩に残業させないように、自分もなるべく残らないようにしてるのは知ってますけど、その分仕事の持ち帰りも多いですよね？」

「し、知ってた？」

椅子をくるりと回して背後に立っていた賢人を見上げた。

「当たり前じゃないですか。誰よりも仕事抱えてるのにいつもきっちり終わらせてるし、俺たちが退勤間際にチェックで送った書類が朝イチで終わってたら、誰だって気づきますよ」

「……あはは」

隠していたつもりだったが、そんなにわかりやすかったのかと乾いた笑いが漏れてしまう。

「笑い事じゃないです。残業代も出ないのに持ち帰り仕事するのが後輩のお手本になると思ってるんですか？　それって先輩がいなくなったとき、野上は残業しないでもこなしていた仕事だって誤解される可能性だってあるんですよ。猪狩さんたちだって先輩の力になりたいと思ってるはずです。俺たちのことを思うんだったらどんどん仕事を振ってください」

「……」

賢人の言う通りだ。つい後輩に負担をかけないようにということばかり考えていたけど、それは涼音の自己満足で、みんなのためになっていない。

今の上司はあれこれ口うるさくないのが助かっているが、賢人が言ったような指摘をしてくれることもなかった。

「後藤くん、ありがとう。お言葉に甘えてよろしくお願いします」

耳が痛いが、言いにくいことを敢えて言ってくれた賢人に、涼音は感謝を込めて頭を下げた。すると賢人はなぜか考え込むような複雑な表情になった。

「……」

「なに？」

「いえ、今日は素直なのでちょっと驚いたっていうか。先輩って一度方針を決めたら揺るがないタイプだから、こうもあっさり俺の言ったことを受け入れてもらえてちょっとびっくりしたっていうか」

どうやらすんなりと賢人の意見を受け入れたことに面食らっているようだ。

「失礼ね。それじゃ私が融通の利かない上司みたいじゃない」

「そんなこと思ってないですって」

どちらからともなく笑いが漏れて、朝から入籍発表騒動で張りつめていた気持ちがゆっくりとほどけていく気がした。

やっぱり賢人とはこういう気軽に冗談が言い合える同僚という距離感が一番しっくりくる。賢人はそう感じないのだろうか。

彼とは恋人とか夫婦という型にはまったものではなく、いつでも状況に応じて柔軟に対応できる関係の方がいい。友人とか同僚の方がずっと気楽で楽しいのに。

賢人が自分たちの関係が結婚という形に向いていないことに気づいてくれればいいのに。

涼音がそう思ったときだった。

賢人がサッと手をあげて、手のひらで涼音の頬を撫でた。

「……っ！」

驚いてビクリと肩口を揺らすと、賢人の手が頬を撫《な》で下《お》ろし首筋へと降りてくる。

「ちょっと……！」

「しっ」

賢人は振り払おうとする涼音の手首を掴むと、そのまま身を屈めて唇を重ねてきた。

「ん！」

唐突なキスに抗議の声をあげるよりも早く唇を離した賢人は、まっ赤になった涼音を見てニヤリと唇を歪めた。

「残業代の代わりです」

「い、いらないし！」

思わず立ち上がって叫ぶと、賢人が笑い声を上げる。

「バカですね。先輩が俺に払うんですよ」

「は？」

「ほら、こっち来て」

素早く手首を摑んで引き寄せると、身体を入れ替えるようにして涼音を抱いたまま椅子に腰掛けた。

「きゃっ」

気づくと賢人の膝の上に座らされていて、ウエストに回された手でギュッと身体を抱きしめられていた。

「俺が先輩の仕事手伝うんですよ。それに残業してて俺のことを忘れてた不人情な人を迎えにきてあげたじゃないですか」

「頼んでないし……あっ」

背後から首筋に唇を押しつけられて、その熱さに思わず声が漏れてしまう。次の瞬間、頭の中でぼんやりとしていた昨夜の記憶が色鮮やかによみがえって、一気に頭に血が上ってしまう。

昨夜もこうして後ろから抱きしめられて身体を弄られて、いやらしく感じてしまったのだ。

「や……やめて。こんなところで……」

今日はジャージー素材のカシュクールワンピースで、際どいと言うほどではないが襟がV字にくくれていて、背後から覗き込まれれば胸の谷間が見えてしまう。

ジャージーは伸びる素材だから、その気になれば首元に手を差し入れ簡単に胸に触れることもできる。こんなことならジャケットを脱ぐのではなかったと後悔しているうちに、大きな手が身体のラインを撫《な》で回《まわ》し始めた。

「んっ……やだったら」

「しっ、静かに。他のオフィスに人が残っていたら聞こえちゃうだろ」

「だったら今すぐ離れて……んんっ」

胸の膨らみを両手で揉みしだかれ、鼻から抜けるような甘ったるい声が漏れてしまう。唇が首筋や耳に触れて擽ったくてたまらない。

「めずらしいね、こういうワンピース着てるの。俺は好きだけど。でも身体の線が出ちゃうから俺以外の男の前ではジャケットは脱がないで欲しいな」

いつの間にか今朝のような気の置けない口調に変わっていて、嫌でも彼に触れられていることを思い知らされる。

しかもやわやわと胸を揉まれているだけなのに、腰がムズムズしてしまって無意識に太股を擦り合わせ、身体を揺らしてしまう自分が恥ずかしくてたまらない。

「初めて男に抱かれて色気づいちゃったのかな？　それとも俺のため？」

「ち、違うから！　た、たまたま選んだだけで……」

まさか昨夜の行為で身体のあちこちが痛かったからゆったりとしたワンピースにしたとは口にできない。

ジタバタと腕の中で暴れる涼音を抱きすくめると、クスクスと笑いながら柔らかな耳朶に歯を立てた。

「ひぁう！」

「涼音、耳弱いよね。カワイイ声」

「ん、やぁ……は……ん……」

耳孔に舌を差し入れられ、ピチャピチャと音を立てて舐《な》め回《まわ》される。いつの間にか服の下では胸の先端が硬く張りつめていて、愛撫されるたびに下着と擦れ合う。

触れられることが恥ずかしくてたまらないのに、頭の片隅では昨日のようにすべてを賢人の手に委ねてしまいたいと思う淫らな自分がいる。

賢人に触れられると、自分の身体なのに自分のものではないような気持ちになってしまうのが不思議だった。

「んっ……ふぁ……っ……」

いやらしい手つきで身体や太股を撫で回され、次第に身体の奥が熱を持ち始める。

「ねえ……もっとちゃんと触って欲しくない？」

熱い吐息を吹きかけられて、涼音はここがオフィスであることも忘れて身体をブルリと震わせた。

「やぁ、ン……っ」

「したくなった？」

ワンピースの上から足の間を撫でられ、涼音はその刺激に慌てて賢人の膝の上から立ち上がった。

「や……ここでするのはダメ」

わずかに足がもつれてデスクに手をつく。その間に素早く立ち上がった賢人が再び背後から涼音を抱きしめた。

「急に立ち上がったら危ないだろ」

くるりと身体の向きを変えられ、そのままひょいっと抱き上げられてデスクの上に座らされてしまう。

賢人はそのまま足の間に身体を割り込ませるとグッと身体を寄せて口づけてきた。

「ん！」

さっきのような軽く啄《ついば》むようなキスではなく、唇全体が深く覆われてしまう。すぐに濡れた舌で唇の重なりをこじ開けられて、ぬるついた舌を押し込まれた。

「んぅ……」

胸を押し返そうとしたけれど、それよりも強く腰を引き寄せられさらに口づけが深くなる。

いやらしく舌が絡みついてきて、口の中を舐め回される。舌の付け根や口蓋まで丁寧に舌を這わされ、抵抗していた身体から次第に力が抜け落ちてしまう。

「は、ん……んぅ……」

このままデスクの上に押し倒されてしまいそうな勢いのキスに、涼音は必死で賢人の胸を押した。

「はぁ……だから……こんなところでダメだったら」

「じゃあどこならいいの？　涼音の部屋？」

甘やかすように頬や瞼を唇が掠めて、肌がざわついてしまう。このまま賢人を受け入れたら、昨夜のように抱かれるのだろうか。

「……」

なにも言えず黙って見上げると、賢人は困ったように微苦笑を浮かべた。

「嘘ですよ」

そう言うと涼音の足の間から身体を引き、乱れていた前身頃やスカートの裾を整えて元通りにしてくれる。

「昨日の今日じゃ身体がきついでしょ。それでなくても先輩は初めてだったんですから。俺はいつでもウエルカムですけどね」

いつもの後輩モードの口調でとんでもないことを囁かれ、涼音はまっ赤になった。

「今日は食事だけしに行きましょう。これからのこととかも話し合いたいですし、お酒抜きの方がいいですよね」

賢人はそこで言葉を切ると、からかうように涼音の顔を覗き込んだ。

「先輩が迎え酒したいって言うなら付き合いますけど」

「け、結構です！」

午後も遅くなってからやっと二日酔いがよくなったというのに、もうお酒はこりごりだ。特に賢人と一緒に深酒は絶対にしないと心に誓う。

「言っておきますけど、私は今すぐにでも結婚を無効にしたいんですからね」

「今朝も言いましたけど、俺は離婚する気はないですから」

またこの会話だと思いながら、涼音は口をへの字に曲げてプイッと顔を背ける。

「まあ、しばらくは……仕方ないよね」

本当は納得できないが、これ以上賢人に頑なになって欲しくないので仕方なくそう呟いた。

もうふたりの入籍の話は社内中に広まっていて、今さら嘘ですとは言い出せない雰囲気

だ。それならしばらく結婚したふりをしてやり過ごして、ほとぼりが冷めるまでの間に賢人を説得して離婚を受け入れてもらえばいい。

離婚したと発表すればまた一騒動あるのは想像できるが、それはそのとき考えればいい。そのためにはあまり賢人の機嫌を損ねない方がいいと思ったのだ。しかし急に態度が軟化したことに違和感を覚えたのか、賢人がわずかに眉を上げ顔を覗き込んできた。

「へえ。どういう心境の変化ですか？」

「べ、別に」

「もしかして俺に抱かれるのが気に入ったから、結婚を続けてもいいかなって思ってくれてます？　それならもっと頑張りますけど」

「バカじゃないの！　そんなわけないでしょ。今日一日だけでもこれだけ社内に広まっちゃったら、もう収拾がつかないと思っただけよ。これ以上プロジェクト前に騒ぎになりたくないし」

「それで……諦めたんですか？」

探るような視線を感じたが、涼音は不機嫌を装って頷いた。

「なるほどね。やっぱり先輩は仕事優先か」

賢人の声には少し残念そうな色が滲んでいたが、一応は納得したようだ。

そのあとの食事でもこの入籍騒ぎ前の賢人と変わらず、むしろ本当に結婚をしたのかと疑ってしまうほどあっさりとした態度で、あれこれ虐められるのかと心配していたのがバカみたいだった。

涼音の直近の希望は社内では旧姓を使いたいこと、仕事に夫婦であることを持ち込みたくないことだ。

もともと酔っていたとはいえ結婚したいと言い出した理由は、これ以上セクハラやおかしな噂を流されたくないからで、賢人との結婚で騒がれるというのなら本末転倒だ。実際今日は一日そのことで根掘り葉掘り詮索されて色々迷惑した。

そのことを説明すると、賢人はあっさりと頷いた。

「いいですよ、それで。先輩には仕事に集中して欲しいと思ってますから、プロジェクトの間はそのことだけ考えてください。プロジェクトは半年ぐらいかかるんですよね？　それが終わってから結婚式のことや同居のことを考えるつもりだってことでどうです？」

最初は周りもうるさいだろうが、そう答えていればすぐに静かになるだろう。それに同居しなくてもいいのなら、独身で仕事しているのと変わらない。

賢人には悪いが、その間にこの結婚を無効にするのだから結婚式のことなど考える必要もなくなるだろう。

「私は助かるけど」

何度考えても、この結婚のどこに賢人のメリットがあるのかわからない。彼が明らかに得をすることがあるというのなら、むしろそちらの方が信用できるとまで思ってしまう。

難しい顔をして考え込んでいたようで、涼音の顔を覗き込んだ賢人が噴き出した。

「なんですか、その顔」

「だって後藤くんがなに考えてるのかわかんないんだもん」

どうも昨日から思い通りにならない焦りから、涼音は子どものようにぷっと頬を膨らませた。

「その〝だもん〟って言い方カワイイですね。俺に気を許してくれてるって感じがします」

「そんな言い方してない！」

「しましたよ。会社では絶対そんなこと言わないからすぐ気づきました」

甘やかすような優しい笑みにドキリとしてしまい、自然と頬が熱くなってしまう。

「も、もうそういうのいいんだってば！　それで？　後藤くんの希望は？」

照れていることに気づかれないよう、少し強い口調になっていた。

「そうですねぇ。ふたりのときは名前で呼んで欲しいのと、週末はどちらかの部屋で一緒に過ごしたいです」

「は⁉」

名前で呼ぶのはいいとしても、一緒に週末を過ごしたら本物の夫婦みたいになってしまう。

「そ、そんなの無理に決まってるじゃない！」

「どうして無理なんですか？　夫婦なんだから一緒に過ごすのは当たり前でしょ。週末婚ってヤツですね。大丈夫です。せっかくの休みに家事をしてくれとかそういうのじゃないですから。ふたりで過ごしたいだけです」

でも週末どちらかの部屋に泊まるということは、また昨夜のようなことをするのが前提なのではないだろうか。

恋人でもなんでもない人に抱かれてしまっただけでもかなり後悔しているのに、はいそうですかと簡単に受け入れることはできない。

賢人だって離婚したいと言いながら身体の関係だけ許す涼音を、なんて淫乱な女だと思うだろう。

「無理、絶対無理だから！」

「そんなこと言っていいんですか」

「な、なによ」

含みのある眼差しに怯《ひる》んでしまいそうで、自然と声が大きくなってしまう。

「あのさ、俺が涼音に関するネタを色々手に入れていること忘れてない？」

がらりと変わった口調と雰囲気にドキリとする。

「ネタって……」

今朝言っていた本棚のことや涼音が実は恋人がいるふりをしていたことだろう。自分の条件を呑《の》まないのなら、本気でみんなにバラすつもりなのだろうか。

こちらも条件を出している以上なにかしら受け入れないといけないのはわかる。それに全否定をして彼を怒らせるのは得策ではない。

涼音は諦めて、納得していないという意思表示のためわざと大きな溜息をついた。

「……後藤くんって一見無害そうな顔して、実は腹黒いよね」

「賢人」

すかさずそんな言葉が返ってきた。今はふたりきりだから名前で呼べと言いたいのだろう。

「……賢人くんってさ、学生の頃いじめっ子だったでしょ」

「わかる?」

嫌味《いやみ》のつもりで言ったのに、嬉しそうな笑顔が返ってきて拍子抜けしてしまう。

「好きな子には意地悪をしたくなるっていうアレかな。涼音にはつい意地悪したくなるんだよ。涼音、俺になにか言われるたびに考えてることが顔に出るから楽しくってさ」

「……」

またからかわれているらしい。

いつも社内では涼音を先輩として立ててくれるから忘れてしまいそうになるが、同じ歳の男性としてみるとかなりクセがある。

　ここ二日ほど有り得ないほど接近していたおかげで、会社の中で彼が猫をかぶっていて、いかに世渡り上手なのかがよくわかった。

　すぐにカッとしたりせずにうまく駆け引きをしないと、離婚には持ち込めなさそうだ。

　しかし賢人にだってなにか弱みがあるはずで、それを手に入れれば十分交渉の余地はあるはずだ。

「じゃあとりあえず今週は賢人くんの部屋ね。私の部屋は昨日泊まったでしょ」

「いいよ。涼音、男の部屋に泊まるのなんて初めてだろ」

「な、なんでそうやって決めつけるのよ！」

　図星だが決めつけられるのは悔しい。ついさっき賢人にすぐにカッとせずに駆け引きをしようと決意したばかりなのに、不機嫌な顔になってしまう。

　賢人はそんな涼音の顔を楽しそうに見つめると、恋人同士ならうっとりしてしまいそうな甘い笑みを浮かべた。

「ちゃんとおもてなししてあげるから楽しみにしてて」

　普通なら期待するはずのおもてなしは、あまりにも邪悪な賢人の笑顔に、不安しか感じなかった。

4

ふたりの電撃入籍の知らせが社内を駆け巡った数日後、涼音はプロジェクトメンバーの顔合わせも兼ねた会議に参加していた。

主要メンバーは涼音も含めて七名の名前が発表されており、その全員が年上だ。しかも涼音以外はすべて男性というアウェー感満載の会議室はなかなか居心地が悪い。

「おはようございます。メーキャップの野上です。どうぞよろしくお願いいたします」

こういう場合は先手必勝でサクッと下手に出ておいた方が仕事はしやすい。相手によって態度を変える自分が嫌いだが、ここ数年で学んだ涼音なりの処世術だ。

全員に聞こえるよう大きな声で挨拶をすると、何人かの顔見知りから「よろしく」と返事が返ってくる。

不思議なもので男性は自分より仕事ができる若い女性を嫌う傾向がある。教えを請うという形で頭を低くしている方が仕事が円滑に進むのだ。

内心女性向けの化粧品を作っている会社として体制が古いと思うが、上に行けば行くほど女性比率が下がるのだから仕方がない。

涼音は会議室を見回して、比較的よく話をするファンデーションセクションの門脇の隣に狙いを定めた。

「隣、よろしいですか」

「もちろん。座れよ」

快く頷いてもらい、ホッとして腰を下ろす。

門脇は三十代後半ですでにたくさんのヒット商品を作り出している、開発部生え抜きの社員だ。

一昨年発売になったムース状の泡で出てくる〝ホイップファンデーション〟も彼のアイディアで、一時は発売中止になってしまうほどの人気だった。去年第二弾として発売した夏用の〝ひんやりホイップ〟も好調で社長賞に選ばれたばかりだ。

「錚々たるメンバーで緊張しますね」

思わずそう口にすると、門脇は涼音の緊張を笑い飛ばした。

「そんなことないだろ。野上のチームの来月発売の口紅も見たけど、いいじゃないか。コンセプトは可愛い感じなのに容器はスタイリッシュで、働く女性が持ち歩いても違和感がない。よくできてるよ」

先日賢人にからかわれた〝キスしたくなる唇〟の口紅のことだ。

「ありがとうございます。チームのメンバーが頑張ってくれたんです」

「野上さんのいいところはチームのメンバーをうまく使えてるところだね」

そう向かい側から口を挟んできたのは、スキンケアセクションの諏訪だった。門脇よりもさらに年上で、ここ数年中国支社にいて、去年本社に戻ってきたばかりだ。奥様が専務の娘で将来の幹部入りは間違いないと言われているが涼音はほとんど接点がなかった。

「野上さん結婚したんだって？　おめでとう。うちのチームの女の子たちが騒いでたよ」

「ありがとうございます。私事でお騒がせしてすみません」

開発の男性は涼音の仕事ぶりを知っているから、噂のことなどあまり偏見を持たずに接してくれる。やはり仕事ができる男性は実力主義なのかもしれないとホッとしたときだった。

「野上くん、そんなところでふんぞり返ってないで、お茶配ってよ」

少し離れた場所から響いた宮内の声に、わかっていたはずなのにギクリとする。

入室した際に全体に向けて挨拶はしたが、できるだけ関わり合いになりたくなくて離れて席を取ったのが裏目に出たらしい。

「すみません。すぐに」

涼音は唇を噛みしめたい気持ちを押し隠して、笑顔で立ち上がった。

部屋の入口のテーブルにはあらかじめペットボトル入りのお茶が人数分用意されていて、

普段の会議であれば飲みたい人が自分でとることになっている。

本来なら涼音の仕事ではないが、彼がいまだに元上司としてマウントをとりたいのだろうとはなんとなくわかった。

「広報にいたときから気が利かない子だったけど、今も変わってないんだな～結婚したのにそれで大丈夫なの？」

ちょうど背中を向けていた涼音は、ここぞとばかり思い切り顔を顰めた。彼の下から離れて二年以上になるが、性格は簡単に変わらないようだ。

「宮内さん、お久しぶりです。どうぞよろしくお願いします」

笑顔を貼り付けてお茶を手渡しながら、久しぶりにまともに宮内の顔を見た。

多分門脇と同じ三十代後半のはずだが、一緒に働いていたときより太ったせいでもう少し年上に見える。まだ肥満というほどではないが、お腹や背中の辺りが緩んできたと言えばいいのだろうか。普段賢人や自分より年下のメンバーと仕事をしているせいか、そんなちょっとしたところが目についてしまう。

彼は広報で宣伝やマスコミ対策の担当だから直接関わることは少ないはずだ。というかそう祈りたい。

「それでは揃《そろ》ったようなので会議を始めます」

司会は営業の谷口で、途中重役が激励の挨拶に姿を見せたり、今後のスケジュールなどの確認をして、次回までに各自新製品のザックリとしたアイディアやイメージを持ち寄ることになった。

「お疲れさん」

ずっと緊張していた涼音は隣席の門脇に声をかけられ、ホッと安堵の息を漏らした。

「そんなに緊張してたのか？　俺たちに遠慮しないでどんどん意見出した方がいいぞ。こういう言い方は嫌かもしれないが、貴重な女性目線に期待してるからな」

「はい」

「そうそう。メインユーザーの女性が使いたくならなくちゃ意味がないからね」

諏訪もそう言って肩を叩いてくれ、場違いなのではないかと感じていた不安を払拭された。

「ありがとうございます。頑張ります！」

早くオフィスに戻って企画を考えたい。涼音がふたりに頭を下げて会議室をあとにしようとしたときだった。

「野上くん、お疲れさま」

宮内に声をかけられ、仕方なく身体を声の主に向けた。

「お疲れさまでした」

「よかったね。貴重な女性スタッフとしてちやほやされて。君、男に甘やかされないと仕事できないでしょ」

チラリと周りを見たが、門脇と諏訪は営業の谷口と話をしていて、こちらの会話までは聞こえてないようだ。

どうせ嫌味を言うのならみんなの前でやってくれた方がパワハラの証拠になるのだが、宮内はそういうところに抜け目がない。

「期待してるよ。やっぱり書類整理とか雑用とかはきめ細やかな仕事をする女性じゃないとね」

「恐れ入ります」

「謙遜しなくていいよ。僕はみんなみたいに甘くないからどんどん仕事振るよ」

それは書類整理とか雑務のことで、他のプロジェクトメンバーに宮内から絶対に依頼しない内容だ。

書類整理を含む雑務は大切な仕事だが、彼の場合嫌がらせで面倒で時間のかかる仕事をわざと振ってくる。

「はい。いつでもお声かけてください」

涼音が従順に見えるように頭を下げると、宮内の唇にいやらしい笑みが浮かんだ。

「じゃあ早速だけどデータの整理お願いしようかな。あとで君のところに届けるからお願いできる?」

案の定だ。涼音は一瞬息を飲んでからなんとか笑顔を作る。

──チッ！　と心の中で舌打ちをしてしまったが、それぐらい許されるだろう。

「……承知しました」

なんとか頭を下げて、その言葉を絞り出すのが精一杯だった。

「では、失礼します」

これ以上宮内に嫌味を言われた上にあれこれ仕事を押しつけられてはたまらない。もう一度お辞儀をして、その場を離れようとしたときだった。

「それにしても君が玉《たま》の輿《こし》狙いだったとは知らなかったよ。うちの会社はいい大学出身のエリートが多いから婚活も大忙しだっただろ。後藤くんは君の噂知らないのかな」

──その噂を流したのはあんたでしょ！

口から飛び出しそうになった言葉を必死で飲み込んだけれど、笑みを作ろうとする唇が引きつってしまうのを止めることはできなかった。

そのあとはどうやって自分のオフィスに戻ったかよく覚えていないが、自席に座ったときにはあまりにダメージが大きすぎて、机に突っ伏したい気分だった。

しかも宮内は予告通り仕事を振ってきたのだが、その連絡がきたのはあと一時間ほどで終業のチャイムが鳴る時間だった。

大量の紙データを会議用のデジタルデータにして月曜の朝イチまでに彼のところに送れ

というのだ。ちなみに今日は金曜日で、月曜に間に合わせるには残業か休日出勤をするしかない。

ご丁寧に社外持ち出し禁止の指示が出ていて、持ち帰り仕事ができないように手が打たれている。本来なら彼の部下がする仕事だ。

宮内の嫌がらせだとわかっているが、それにしても意地が悪すぎて一瞬このまま彼のオフィスに行ってこの書類の束を突き返してやろうかと迷ったが、さすがに最初から彼とトラブルになったら仕事がしづらくなるとなんとか怒りを飲み込んだ。

賢人と週末を過ごす約束はしているけれど、明日の待ち合わせの時間などはなにも決めていない。

さすがに約束の初回から休日出勤になったとキャンセルするのは気が引けるので、なんとか今夜中に仕上げてしまうしかない。

「先輩、帰らないんですか?」

今夜は友達と飲みに行くと張り切っていた茉莉が、心配そうに涼音の手元を覗き込んできた。

「うん。一件メールしたらあがるから、先に帰っていいわよ。飲み会なんでしょ。楽しんできてね」

涼音の言葉に茉莉は安心した顔で頷いた。

「先輩も新婚なんですから早く帰ってくださいね」

「……も、もちろん」

聞き慣れない新婚という言葉に一瞬ギョッとしてしまったが、周りから見ればラブラブで楽しい新婚に見えるのだろう。

もともと金曜日はノー残業デーを推奨している会社なので、オフィスはすぐに人気がなくなった。

データ自体は類似した他社商品と自社商品の売り上げ比較、市場のアンケート調査の原本など量は多いが単調な作業ばかりだ。

復刻版の目玉商品を企画する上で必要なデータだが、すでに誰かが発表したであろう内容ばかりで、目新しい情報はない。

しかし引き受けてしまった以上手抜きをするわけにも行かず、データを入力する雛形《ひながた》を作っていると賢人が姿を見せた。

「まーた残業してる」

半ば呆れの混じった声に、涼音は苦笑いを浮かべた。こっそり残業をしているつもりなのに、賢人にはいつも見つけられてしまう。

「先輩、極力残業しない主義でしたよね」

「その主義は変えてないわよ」

「その割には、ここのところ俺は残業している先輩しか見てないですよ」

「ちょっと急ぎの仕事頼まれちゃったのよ」

なんとなく宮内から押しつけられた仕事を見られたくなくて、涼音はさり気なく書類の束を裏側に伏せる。しかし目敏《めざと》い賢人は素早くそれを取り上げ書類に視線を走らせた。

「なんですか、このデータ量。しかもゴミの山じゃないですか」

自分でも何度も考えていたことをはっきり口にされ、肩を竦める。この程度の仕事なら一年目の新人や短期で呼ぶ派遣さんにお願いするような内容なのだ。

賢人がすでに宮内との確執を知っていることもあり、思わず本音を口にしてしまう。

「知らないわよ。宮内にこの束を渡されて、全部デジタルデータにしろって言うんだもん。月曜の朝イチで使うからそれまでにって。しかもこれ渡してきたの夕方、ついさっきだから。届けにきたのは彼の部下だけど、アイツ絶対今ごろ笑ってるに決まってる」

「……」

賢人は黙って書類を繰って目を通すと、なぜかホッとしたように溜息をついた。

「これなら同じテーマの資料でデータがあると思いますよ。まあちょっと手を加えないとダメですけど、わざわざまとめ直さなくても流用できると思います」

「ホントに？」

思わず目を見開いた涼音に、賢人はクスリと笑いながら頷いた。

「ちょっと待っててください」

賢人は涼音の隣のデスクに腰を下ろすと、ビジネスバッグの中からノートパソコンを取り出した。

「どこかで見たはずなんですけど……あ、これだ」

パソコンの向きを変えてディスプレイを見せられる。

「ホントだ。足りない項目もあるから手直ししないとだけど、これこのまま使えるわ」

「ていうか、この渡されたデータってもう宮内さんのチームがデジタルデータ持ってそうな内容ですけど。この内容って前のイベントでアンケート調査したやつと同じだと思うんですよね」

「……」

彼の狙いは残業をさせることではなく、無駄なデータをまとめさせて、そんなことに時間を費やした涼音を無能扱いすることだったのかもしれない。

宮内ならやりかねない。涼音がそう考えたときだった。

「あからさまな嫌がらせですね」

はっきりとそう告げられ、涼音も頷くしかない。

「……かもね。今日の会議でもめちゃくちゃディスられたし、何度も言い返しそうになったわ。それに私たちの結婚の話を聞いて、仕事一筋の私が玉の輿狙いだったとは知らなかったなんてわけわかんない嫌味言うしさ。意味わかんないでしょ」

「……」

てっきり同意してくれると思っていた賢人がいつまでたってもなにも言わないので、涼音は驚いて彼の顔を見つめる。

もしかしてつい乱暴な言葉で彼を罵ったことに引いたのだろうか。

「……後藤くん？」

黙り込んでいる横顔に声をかけると、賢人はビクリと肩を揺らして顔を上げた。

「あ……玉の輿に乗るって言っても、実際に上に乗ったのは俺ですけどって思って」

「……」

なかなか反応に困るオヤジギャグだ。その困惑がはっきりと顔に出ていたのだろう。涼音の顔を見た賢人がクスリと笑いを漏らした。

「さ、手伝いますから片付けちゃいましょう。週末は俺と過ごす約束でしょ。お持ち帰り仕事なんでいやですからね」

「あ、うん」

「あと、今夜の夕飯は先輩の奢《おご》りですよ」

「わかってます」

すっかりこのまま賢人と食事に行く流れになっているが、それも悪くないかもしれない。

でも彼の部屋に泊まる支度をしてきていないし、今夜は自分の部屋に帰るつもりだ。賢人に丸め込まれないようにしなければと思いながら、いつの間にか賢人と過ごすことを受け入れている自分に驚いていた。

もともと賢人はチームに入ってきたときから気が合うとは思っていた。だからあの夜も飲みに誘われて抵抗はなかった。でもただの後輩として接していたから、恋愛対象としては見ていなかったと思う。

これが本当の結婚になったら、というか実際に入籍しているから正式な婚姻関係なのだが、涼音が離婚をしたいと言わなければずっとこの関係が続くのだろうか。

その前に、自分は賢人のことを恋人や夫として見ることができるのか疑問だった。

そんなことを考えながら小一時間ほどパソコンに向かっていると、先に作業を終えた賢人がディスプレイから顔を上げた。

「こっち、終わりましたからデータ送ります」

「ありがとう、こっちももう終わるから」

普段から思っていたがやはり賢人は仕事が早い。しかも彼が作ったデータは元のものよりも見やすく必要な情報だけきちんとまとめられている。

「多分宮内さん、流用データそのまま渡しても気づかないと思いますけど、念のためグラフのレイアウト変えたりして弄ってありますから」

「うん。助かる」

涼音は急いで自分の作業を終えると、賢人が作ったファイルと自分のファイルをまとめて宮内宛に送信し、ホッと溜息をついた。

賢人のおかげで見積もっていた時間の半分もかからずに仕事を終えることができた。

「終わった～！　お腹空いた～!!」

無事に終わった開放感に両手を大きく挙げて伸びをする。賢人はそんな涼音を見て、隣の机で頬杖《ほおづえ》をつきながらニヤニヤしている。

「な、なによ……」

「そういう涼音、結構好き」

いきなり甘い声で名前を呼ばれて、涼音の鼓動が速くなった。

「……っ！」

いくらふたりきりとは言え、ここはまだ会社なのに。そう思いながらも賢人に名前を呼ばれることにあまり違和感を覚えなくなっていた。

「涼音って、ちょっと気を抜いてるときに年相応の顔になるよね」

「それって……普段は老けて見えるってこと？」

「違うよ。なんていうのかな、仕事中の涼音は気を張ってて、上司になにか言われても理性で我慢しようとするだろ。でも今の〝終わった～〟って叫んだ涼音の方が素で、俺はその方が好きって意味だよ」

「……そんなに違った？」

確かに仕事だと思うから宮内の嫌がらせも我慢できるし、後輩に頼られているからこそよりいい仕事をしようと思う。

改めて言われると恥ずかしいが、多少はチームのリーダーという自分を演じているのかもしれない。

「俺はちょっと気が強くてバリバリ仕事してる涼音も好きだし、こうやってちょっと気が緩んでる涼音も好きだよ」

賢人はさらりと言ったが、なかなかの殺し文句だ。こちらは〝好き〟という単語を連発されるだけでたじろいでしまうのに、向こうは顔色ひとつ変えていないのも憎らしい。

誰にでもこういう言葉を囁いていて、言い慣れているのではないかと疑ってしまいそうだ。

そして涼音の考えを読んだかのようにこちらが赤くなってしまいそうなほどたっぷりと時間をかけて見つめてから、唇に色っぽい笑みを浮かべる。

「でも俺が一番好きなのは」

甘やかな笑みを浮かべた唇に目を奪われている間に、賢人はスッと腰を浮かせて身を乗り出すと、涼音の無防備な唇をチュッと音を立てて吸い上げた。

「……何度キスしてもこうやって赤くなる涼音かな」

「……なっ！」

突然のことに驚きすぎて、音を立てて椅子から立ち上がる。すると賢人がその手首を掴んで涼音を引き寄せた。

「あ」

逃げる間もなく腰を抱かれて、開いた足の間に身体を引き入れられてしまった。

「やっぱり食事より、別のご褒美が欲しいな」

「な、なに言って……」

「この間はもらいそこなったから、その続き」

先日オフィスで抱きしめられ、キスされたことを思い出す。

「や、やだ……」

賢人から離れようと思うのにがっしりと腰に手が回されていて、逃げ出せそうにない。

「あ、あのさ、ここがどこだかわかってる?」

同い年とはいえ上司として、ここで流されるわけにはいかない。少し声を厳しくしたのに、賢人はけろりとした顔で、からかうように眉を上げた。

「どうせ帰ったら俺に抱かれるんだから同じことだろ」

背中に手を滑らされ、意志に反して身体がぶるりと震えてしまう。それを見た賢人がニヤリと唇を歪めるのを見て、涼音は恥ずかしさに頬を染めた。

口でいくら厳しいことを言ってもこんなふうに反応しては賢人を喜ばせるだけだ。

「涼音？　どうしたの？」

仕事のときとは違う色っぽい目で見つめられ、きっぱりと断りたいと思っている気持ちがぐらぐらと揺れる。

「だ、だめ……今日はなにも用意してきてないし、自分の部屋に帰るからね」

「なんだよそれ。週末は一緒に過ごす約束だっただろ。俺の部屋に来たいって言ったくせに」

その言い方では涼音が賢人の部屋に行きたいと強請ったように聞こえるが、自分の部屋か賢人の部屋という選択肢しかなかったから、好奇心からそうなっただけだ。

「それは明日でもいいじゃない。それに今日行くなんて言ってないし」

これ以上賢人の腕の中にいたら、本当になし崩しに抱かれてしまいそうだ。

というか、彼に抱かれたくないのか、それともあの日のようにもう一度抱かれたいと思っているのか、自分の気持ちがよくわからない。

すると腕の中でもがく涼音の身体を、賢人が力一杯引き寄せてギュッと抱きしめてしまった。

「早く涼音を抱きたい」

掠れた声で呟かれ、賢人の顔が胸元に押しつけられる。

「や……ホントに、ダメ……」

「ヤダ」

駄々《だだ》っ子《こ》のようにグリグリと胸に頭を擦りつけられ、ほだされてしまいそうな自分がいる。

「ほら、キスして」

胸から顔を上げた賢人に強請るように見上げられて、心臓がすごい速さで音を立てていた。

「涼音のここ。すごくドキドキしてる」

心臓の辺りに頬を擦りつけられて、頭の中が真っ白になった。

「涼音」

子猫が喉を鳴らすような甘え声で名前を呼ばれて、気づくと涼音は自分から賢人に口づけていた。

「ん」

唇に触れたらすぐに離れようとしたのに、下から噛みつくように唇を覆われる。

「んぅ、は……むう……っ」

逃げられないよう後頭部に手を回され、さらに口づけが深くなる。すぐに濡れた舌が入ってきて、そのぬるついた刺激に、涼音も自分から舌を擦り合わせていた。

あれほど賢人のことを拒んでいるのに、心のどこかではあの夜のようにもう一度淫らなキスをしたり、触れられたいと感じてしまう。そして本当はそのことに気づいているのに、気づかないふりをしてすべてを賢人のせいにしてしまいたいと思う自分がいた。

「はぁ……っ」

最初こそ強引だったキスは、すぐに涼音を昂《たか》ぶらせるための官能的なものに変わる。

口蓋や頬の内側、綺麗《きれい》に並んだ歯列や小さな舌の付け根をゆっくりと焦らすように舌で舐《ねぶ》られ、身体の奥から熱いものがせり上がってくる。パンプスを履いた足はブルブルと震えて、息が乱れてしまう。

意識が朦朧としてきて、気づくと賢人の太股の上に腰掛け自分から首に腕を回して口づけを交わしていた。

「はは……涼音、もうトロトロ」

「や……放して……」

口ではそう言いながら賢人の肩に頭を乗せて寄り添ってしまう。

「知ってる？　仕事中の顔と俺の前でこうやって見せる初心な涼音の顔に、俺がやられてるって」

耳元でそう囁かれても、涼音はひどく火照ってしまった身体に言い返す言葉も思い浮かばなかった。

それよりも早くこの身体の熱さを冷ましたくてたまらない。そしてそれができるのは賢人だと認めるしかなかった。

「も……帰りたい」

「それって誘ってるよね？」

そう囁いた賢人の声には笑いが含まれている。

「俺はここでこのまま続きをしてもいいけど、涼音は嫌そうだね。会社からなら涼音の部屋の方が近いけど、いい？」

もうこれ以上意地を張り続けることもできず、涼音は頬の熱さを感じながら小さく頷いた。

＊＊＊　＊＊＊　＊＊＊

「涼音ってほんとチョロいよね。最初のときだって俺のこと簡単に部屋に入れちゃうし。よく今まで処女でいられたね」

賢人は部屋の鍵を後ろ手で閉めたとたん、そんな言葉を呟きながら背後から涼音の身体を抱きしめた。

「あ……っ」

チョロいと言われれば確かにそうだ。でもそれは賢人が相手のときだけで、これまで他の男性にこんなふうに押し切られたことなんてない。

「待って……シャワー浴びたいから」

「俺は気にしないけど」

「わ、私が気にするの！」

首筋に口づけながらそのまま玄関の壁に押しつけようとする賢人の腕の中から、辛うじて抜け出す。

そうでなくても、初めての夜は酔っていて記憶があやふやなのだからあれをノーカウントとすれば、これから抱かれるために部屋に男性を招き入れるのは初めてなのだ。

せめて前回のようになし崩しではなく、きちんと自分の意志で彼に抱かれたい。

それなのに賢人はなにを思ったのか涼音の背に手を回し洗面所に押し込むと一緒に入ってきた。

「な、なにしてるの？」

一人暮らしの洗面所など洗濯機と洗面台と涼音ひとりでも満員なのに、背の高い賢人まで入ってきたら狭いことこの上ない。

「一緒に入ろうと思って」

「な！　そんなのダメに決まってるでしょ！　向こうで待ってて‼」

先日まで処女だった自分がいきなり男性と一緒にお風呂に入るなんて、初心者が一足飛びに上級者コースに乱入するようなものだ。

しかしジタバタと慌てている間にジャケットを剝《は》ぎ取《と》られ、洗濯機の上に放り投げられてしまう。

「ヤダってば！　じゃあ後藤くんが先に入っていいから！」

「どうせ脱ぐんだから一緒に入った方が無駄がなくていいだろ」

賢人は自分もスーツのジャケットに手をかけると、さっさと着ているものを脱ぎ捨てていく。

「ちょっと……！」

剝き出しになった広い胸を見て慌てて背中を向けると、片手で腰を引き寄せられて、もう一方の手をスカートに伸ばされる。

「あ……っ」

「ほら、いい子だから大人しくして」

「やぁだぁ……っ」

そんな押し問答をしているうちに着ていたものを脱がされて、浴室へと連れ込まれてしまった。

「もう！　嫌だって言ってるのに……！」

賢人は涼音の抗議などどこ吹く風でシャワーを出すと、ボディソープをつけた手で涼音の身体に触れてきた。

「きゃっ！」

背後から胸の膨らみに手のひらが這わされ、泡と共に包みこまれ涼音は悲鳴をあげた。

「しーっ。マンションのバスルームって換気扇が外の廊下に繋がってるから、大きな声出すと外に聞こえちゃうよ」

「……っ！」

慌てて唇を引き結んだが、賢人がやめてくれればいいだけの話だ。

「はなし、て……っ」

「ヤダ」

「ご、後藤くん！」

「会社からずっと我慢してたのに離せるわけないだろ」

身を捩って賢人を見上げると、切羽詰まったような口調で言い返されて、そのままキスで唇を塞がれた。

「んんぅ」

背中に広い胸を押しつけられて、立ったまま少し乱暴に両胸を揉みしだかれる。乳首はすでにつんと立ち上がっていて、泡まみれになった手で捏《こ》ね回《まわ》すようにもみ上げられていく。

「あ……んっ……やぁっ」

唇から漏れた甘ったるい艶を帯びた声がバスルームに響く。

「こら、声我慢して」

賢人はからかうように呟いて、濡れた首筋に熱い舌を這わせるが、その刺激だけでも声が漏れてしまいそうになり、涼音は慌てて唇を噛んだ。

「んっ……んんぅ……」

太股とお尻の柔肉の辺りにゴッゴッと硬いものが押しつけられて、その大きさと熱に身体が強張る。熱い舌で首筋を何度も舐められ無意識に身を捩ると、熱棒をさらに強く擦りつけられた。

「や……あっ……だめぇ……ん」

今すぐにでも胎内にねじ込まれてしまいそうで、期待と不安で胸がいっぱいになる。

「こうされるの好きなくせに」

賢人は耳元でそう囁きながら硬くなった乳首を執拗《しつよう》にこねくり回す。

「ほら、こんなに硬くなってる。これでも嫌なの？」

「ん、んんっ……ぅ」

「俺は早く涼音を抱きたくて仕方がなかった。会社にいるときから、ずっと」

耳の中に熱い息を吹き込むように唇を押しつけられ、その刺激にぞくりと肌が粟立《あわだ》つ。

その言葉だけで、初めての夜賢人に何度もお腹の奥を突かれたことを思い出してしまう。

乳首にたっぷりとまとわりついていた泡はすでにシャワーで洗い流されていて、長い指が先端を引き延ばすように何度も扱《しご》く。何度も与えられる刺激に涼音は嬌声が堪えきれなくなってしまう。

「は……あぁ……や、もぉ……あ、あ、ン！」

狭い浴室に高い声が響いてしまうが、自分ではどうすることもできない。

「涼音、そんなに声出すとみんなに聞こえちゃうよ」

「や……だって……そこばっかり……っ」

涼音の濡れた声に賢人が耳元でクスリと不穏な笑いを漏らす。

「ああ、そうか、ごめんね。身体を洗ってあげてるんだった」

そう呟くと賢人は胸を弄んでいた手をウエストに滑らせ、足の間の潤んだ場所に差し入れた。シャワーの湯の感触とは違うヌルリとした刺激を感じて、涼音は身体を羞恥に戦慄《おのの》かせる。

「いつからこんなにヌルヌルさせてたの？　まさか会社でキスしたときからじゃないよね」

「あ、ん……やぁン……」

まだ触れられることに慣れていない未熟な花弁を乱されるだけで、涼音の白い身体はビクビクと震えてしまう。

「ほら、もう指が入りそう」

言葉と共に蜜口に筋張った指が押し込まれて、涼音は身体を大きく仰け反らせた。

片手で身体を支えるようにして胸を揉みしだかれ、足の間では淫らな蜜が溢れる蜜穴で指が繰り返し抽挿される。

「あっ、あぁ……や、ダメ……それ、あぁぁっ……」

シャワーの水音でかき消されているがきっと指を咥《くわ》え込んだ場所からはいやらしい音が漏れているはずだ。自分でもそれが想像できてしまうほど足の間では滑らかに指が動いていた。

性急に身体を開かれているようで、気持ちがついていかない。頭では賢人とこんなことをしてはいけないと思っているのに、身体が熱く疼いて仕方がないのだ。

指では触れることのできない深い部分がジンジンと痺れるようで、それを宥《なだ》めて欲しくて仕方がない。

どうして賢人に触れられると自分はこんないやらしいことを考えてしまうのだろう。

「わかる？　胎内が柔らかくほぐれてきた」

賢人の言っていることの意味はまだよくわからないけれど、指で胎内を乱されるのは恐ろしく気持ちがいい。

「あ、あ、あぁ……ん、やだぁ……おかしくなっちゃう……っ」

思わず素直な感想を口にすると、背後から賢人のやるせなさそうな溜息が聞こえた。

「はぁ……涼音のその声、かわいすぎ……」

そう呟くと賢人は蜜口から指を引き抜いて、背後から強く涼音の身体を抱きしめてくる。

「ひぁ……ん」

突然蜜孔を空っぽにされた物足りなさと賢人の腕の熱さが切なくてたまらない。

「ほら、そこに手をついて」

賢人は涼音の両手を摑む。そのまま水滴に濡れた鏡に向かって手を突かされ、涼音は不安を感じてわずかに首を捻って賢人の顔を見た。

「え……こ、ここでするの……？」

さすがに涼音でもこの状況なら賢人がなにを求めているぐらいはわかる。

でも身体をあちこち撫で回されるだけでも恥ずかしいのに、こんなところで抱かれるなんて恥ずかしすぎる。そもそも自分はこの手のことは初心者で、賢人の暴走をどこまで許していいものなのかもわからないのだ。

そのとき、まるで涼音の考えていることが聞こえたかのように賢人が耳元で囁いた。

「大丈夫。あとでベッドでもちゃんと抱いてあげるから挿れさせて。もう我慢できない」

賢人は涼音の返事も待たずに腰を引き寄せると、そのまま愛撫で濡れそぼった蜜口に亀頭の先端をねじ込んだ。

「あ……ひぁっ」

一瞬息を詰めた隙に赤く熟れた蜜孔から肉棒が胎内へと侵入してくる。涼音が抗議の言葉を口にするよりも早く、硬く滾《たぎ》った雄が深々と突き立てられていた。

「あ、あぁ……挿っ……て……」

ガクガクと震える身体を鏡に押しつけるようにして賢人が覆い被さってくる。背後から手を重ねられ、指と指が絡みつく。

「は……やっぱりまだ狭いね。早く俺のに慣れるようにいっぱい出し入れしないと」

とんでもなく卑猥なことを囁かれて、羞恥にカッと血が上る。思わず鏡の方に逃げるが、追いかけるように肉棒をねじ込まれて鏡に胸を押しつけてしまう。

「や……っ」

「見て。鏡のおかげで後ろからでも涼音の蕩けた顔が見える」

「ば、ばかぁ……っ」

鏡の中の賢人と目が合ってしまい、涼音はあまりの恥ずかしさにギュッと硬く目を瞑った。

「こんなにぬるついて俺に絡みついてくるのに、嫌なはずないよね？」

そう呟いて深く繋がった場所を確認するように腰を押し回す。

それは問いというより確信に近い言葉で、涼音の返事など求めていない。誤魔化そうとしてもこうして繋がっていれば、涼音がどう感じているかなど彼にはお見通しだからだ。

「少し動くから、ちゃんと摑まってて」

賢人はそう言うと、涼音を鏡に押しつけたままゆっくりと腰を揺らし始めた。

硬い雄芯の先端が蜜孔の入口まで引き抜かれたかと思うと再び最奥まで突き上げられる。

「ひぁっ……これ、あ、あぁ……っ……」

「……気持ちいいの？」

熱っぽい掠れた声で囁かれ、涼音はガクガクと首を震わせて何度も頷いた。

背後から賢人の雄で突き上げられるたびに、唇からは熱い息と共に止めどなく嬌声が溢れてしまう。もはや賢人もそれを指摘する余裕がないのか、激しい律動を繰り返しながら涼音の項に嚙みつくようなキスを降らせる。

「はぁ……大好き」

時折聞こえるくぐもった吐息は賢人も昂ぶっている証拠だ。自分が彼をそんなふうにさせているのだと思うと、さらに身体が熱くなってしまう。

「あっ、あ、あぁ……や……そんなにしちゃ……あ、ン……むり、だから……ぁ……」

甘い愉悦のあまり膝がガクガクと震え始めて、このままでは立っていられなくなってしまう。せめてベッドに連れて行って欲しい。

「や、ベッド……あぁ、ン……やぁっ」

嬌声の合間にそう口にした涼音の懇願が聞き入れられたのは賢人が満足したあとで、その頃にはすっかり浴室の熱気と彼の愛撫で逆上《のぼ》せてしまっていた。

賢人はぐったりとしてしまった涼音の身体と髪を丁寧に洗い上げてから、やっとベッドまで運んでくれた。

そしてぼんやりとして動けない涼音の髪を甲斐甲斐《かいがい》しく乾かし、もう一度深夜、というか朝方まで涼音を抱いたのだった。

5

「この前も思ったけど、後藤くんってなんでもできるんだね。もしかして料理男子？」

散々に賢人に啼《な》かされた翌朝。涼音はローテーブルに並んだ遅めの朝食を見て溜息をついた。

ベーコンエッグにサラダが添えられたモーニングプレート、こんがりきつね色に焼けた厚切りトーストにはご丁寧に十字に切れ目が入れられ、バターがたっぷり塗られている。

しかも平日自炊などしない涼音の冷蔵庫に材料が入っているはずもなく、涼音が眠っている間に賢人が早朝からコンビニまで材料を調達しに行ってくれているというのがまたすごい。

「大袈裟だな。それにまた名前が後藤くんに戻ってる」

「あ……うん」

涼音はすぐに後藤くん呼びに戻ってしまうことに苦笑いを浮かべた。今までの呼び方から変えるのはなかなか難しい。

「朝ご飯って言ってもコンビニで買ってきたものをちょっと焼いただけだし、サラダなんて袋入りのを洗っただけだよ。涼音もこれぐらいするだろ」

「えーと……」

社会人四年目で一人暮らし歴も同じだ。まったくしないわけではないが、主任になってからは自宅でも仕事に時間を割くようになり、外食やお持ち帰り弁当の方が時間を無駄にしないのでついついそちらに偏ってしまっている。

「最近はちょっと……忙しいから」

「知ってる。それに別に女性が料理をするなんて決まりはないだろ。家事なんて余裕がある方がやればいいんじゃない？　ほら食べよう」

「うん。いただきます」

朝からこんなきちんとした食事は久しぶりだ。

平日は食べない方が多いし、食べるとしてもゼリー飲料を飲むとか、通勤途中のカフェでサンドイッチをテイクアウトするとかそれぐらいだ。

それにいつもの休日なら昼近くまで寝たあとに、お腹が空いたらカフェかコンビニに食料を調達に行くのがせいぜいで、今朝のようなサラダ付きの朝食なんて健康的すぎる。

「すごく美味しい。ありがとう」

涼音が思わずそう口にすると、賢人は照れたようにはにかんだ笑みを浮かべた。

「大袈裟だな。ただ焼いただけだってば」

そうだとしてもわざわざ朝から買い物をして、キッチンに立ってくれたことが嬉しいのだ。普通ならそういう気遣いは女の自分がしなければいけない気がする。

まあ昨日の流れではそんなことを考える余裕などなかったのだが、やはり女子としては少し申し訳なさを感じてしまうのだ。

そういえばあの朝も二日酔いの涼音のために味噌汁を作っておいてくれた。きっと普段からやり慣れていて、そういう気遣いを自然にできるのだろう。

「ありがとう」

ごめんなさいというのは違う気がして、もう一度感謝の気持ちを口にした。

すると賢人は、今度はなにか思いついたのか涼音に向かってニンマリとした笑顔を向けた。

「俺って夫にするなら便利だと思わない？　同居したらもっと美味しいものを毎日食べさせてあげるけど、一緒に暮らしてみる？」

まるで子どものように得意げな賢人はなんだかカワイイ。涼音は我慢ができずクスクス笑い出してしまった。

「結婚って損得じゃないでしょ。助け合ったり協力したりするもので、どっちが得って考えるのはおかしいもの。この人と一緒にいたら楽しいなとか、ずっと一緒にいたいなって思ったらするものだと思うな」

　食生活が向上するのは魅力的だが涼音にしかメリットがない。涼音だって、好きな人には楽しく過ごして欲しいし、一緒にいたら幸せだと感じて欲しい。

　そう考えて、これではまるで自分が賢人のことを好きみたいだと思った。

　つい数日前に勢いで入籍をしてしまっただけで、それまで男性として特に意識もしていなかった相手だ。それなのに何度かキスをして抱かれたぐらいで簡単に好きになるものだろうか。

　そんな涼音の気持ちに気づいたかのように賢人が優しく唇を緩めた。

「俺、ますます涼音のことが好きになりそう。俺とずっと一緒にいたいって思ってもらえるように、もっともっと努力しなくちゃって思うよね」

「なによ、それ」

　慈しむような優しげな眼差しを向けられ、擽ったい気持ちになる。

　本当は賢人といるのはかなり心地よくて楽しいと感じ始めていたけれど、今それを口にするのはとってつけたような気がするし、なにより後ろめたさを感じる。

　自分から離婚したいと口にしているのに、彼と過ごすことが楽しいとか快適と感じてしまうのはおかしい。それに賢人は後輩だし、あれこれバラすと脅されているから一緒にいるのだ。

だいたい一目惚《ひとめぼ》れとか、毎日会っている人をある日突然好きになるなんて、現実に想像できない。突然スイッチが入ったかのように気持ちが切り替わって、簡単に人を好きになるなんて有り得ないと思っていた。

食事を終え、涼音は賢人が立ち上がる前にサッとキッチンへ向かう。せめて食器ぐらい片付けないと心苦しい気がしたのだ。

「片付けは私がするから座っててね」

「じゃあ任せちゃおうかな」

あっさりそう言ったくせに、数分後、賢人はちゃっかり隣でお皿を拭いていた。

「座っててって言ったのに」

「だってふたりでやった方が早いだろ」

「そうだけど、私がやりたかったの！」

涼音は思わず唇をへの字に曲げたが、本当は手伝ってくれるのが嬉しかった。でもプライベートで男性とふたりでなにかをするのは少し面映《おもは》ゆい。

黙々とお皿を片付ける賢人を横目で見ながら、なんだか本当に彼と結婚をしているような気分になる。

最近は結婚しても夫婦共働きというのは普通だし、女性からすれば家事をしてくれる男性は理想的だ。

イケメンで女性に気遣いができるタイプなのは会社での賢人を見ていればわかっていたが、料理も含めて家事もできるとなると、もう女性が放っておかないだろう。というか、なぜ自分との結婚に拘るのかが謎だった。

涼音がもう一度チラリと探るように視線を向けると、ちょうど顔を上げた賢人と目が合った。

「ねえ、早く終わらせて買い物に行かない？」

子犬のような眼差しでニコッと微笑む姿は見慣れているはずなのに、距離が近いせいかドキリとしてしまう。

「か、買い物って……なに買うの？」

「俺の着替えとかそういうの。本当なら涼音が俺の家に来る約束だったから、今日はなにも用意してきてないし」

そう言って自身を見下ろした賢人が身に着けているのは涼音がパジャマの代わりにしているメンズのTシャツとハーフパンツだ。メンズといってもSサイズだから背の高い賢人が着ると、少し小さい。

「今日も泊まっていいよね？」

甘えるような眼差しで見つめられることが気恥ずかしくて、涼音はプイッと視線をそらした。

「……ま、まあ明日は日曜だし、後藤くんが泊まりたいって言うなら……」

本当は自分もそのつもりでいたのに、なんとなく素直にそう口にするのは照れくさい。

「泊まりたい。だから買い物に行こうよ。ランチして、ついでに映画でも見る？　今なにやってたっけ？」

賢人はそう言うとスマホに手を伸ばした。

結局、支度をして最寄り駅からふたつ隣の大きな駅ビルや繁華街がある駅に着いたときには、正午を少し回った時間になっていた。お互いすぐに見たい映画もなかったので、賢人の買い物を優先することにした。

「まあ映画はいつでも行けるし、来週から俺が好きなシリーズの続編が始まるんだよね」

「なんの映画？」

「ほら、これ」

賢人がスマホの画面に映し出された洋画のサイトを見せてくれる。

「あ、前のヤツ観《み》たいなって思ってたのに行きそびれたんだよね」

「今動画配信サイトで観られるから、今夜一緒に観てから映画に行こうか」

「うん」

「じゃあ今日はポップコーンも買って帰らないと」

「ポップコーン？」

「映画観るならポップコーンだろ」

子どものように得意げな顔をする賢人に思わず笑ってしまったが、想像していたよりも彼といることが自然で違和感がないことが不思議だった。むしろしっくりくるぐらいだ。

涼音の中ではうっかり入籍してしまった賢人とは恋人同士の関係ですらないと思っていたのに、こうしているともう長く付き合っている恋人同士だったような気持ちになる。

しかも家を出たら自然と手を取られて、当たり前のようにずっと繋がれていた。

ネクタイはしていないけれどワイシャツにスラックス姿の賢人は、早速カジュアルなデニムとシャツを購入してそのまま着替えをした。

「どう？」

試着室から出てきた賢人を見て、身長があるし細身だからなにを着ても似合うと思いながら親指を立てて微笑んだ。

「うん、カッコいい」

「え」

賢人はなぜか小さく声を漏らすと、その場に立ち尽くしたままうっすらと頬を染めた。

「……どうしたの？」

「だって、涼音がカッコいいって言ってくれたから」

そう言いながら照れた顔を隠すように片手で口許《くちもと》を覆う。

自然と出てきた言葉だったのに、改めてそう言われるとこちらの方が恥ずかしくなってしまう。

これまで男性として特別意識していなくても賢人のことは前からカッコいいと思っていたし、素直に似合っていると思ったのですんなり出てきた言葉だった。

「どうして涼音が赤くなるんだよ。普通ここは俺が照れるところだろ」

「だって、後藤くんが変なこと言うからでしょ！」

男性とこんなやりとりをするのは初めてでさらに恥ずかしくなり、涼音は音を立てて試着室のカーテンを閉めてしまった。

賢人の着替えをいくつか購入したあと、ファッションビルの中をブラブラしていて、涼音はふと日用品やインテリアを扱う店の前で足を止めた。

「あ、ちょっと待って」

繋いでいた手を解いて店頭に近づいた涼音の横から、賢人も手元を覗き込む。

「なにか欲しいものあった？」

「これ、買おうかなって」

涼音が手にしたナチュラルな木目に持ち手の部分が黒く塗られた箸を見て賢人がわずかに眉を上げた。

「涼音が使うにはちょっと長くない？」

「違うよ、後藤くんの。うち、人を呼んだりしないから食器類とかほとんど一人分でしょ」

結婚式の引き出物でもらった食器やグラス、最初からセットになっているものを購入したカトラリー類は数があるが、箸や茶碗《ちゃわん》となると自分の分しかない。

今朝は洋食だったからいいが、これからも賢人が通ってくるのなら箸や茶碗ぐらいは買いそろえてもいいだろう。

「だって……今日も泊まるんでしょ？　ないと不便かなって。お茶碗も買おうか」

涼音が店の中を覗き込もうと身体の向きを変えたときだった。賢人が顔を寄せて来たかと思うと、頬に彼の唇が触れた。

チュッと聞こえた小さな音と唇の温もりに一瞬頭の中が真っ白になる。そして次の瞬間賢人を見上げて目を見開いていた。

「な……こんなところで……！」

賢人の身体で陰になっていたかもしれないが、休日の駅ビルは人通りも多い。

「しょうがないだろ、したくなったんだから」

「どうしていきなりそうなるのよ！」

「だって涼音が俺のために食器を選んでくれるって言うから。あ、どうせならお揃いにしようよ。夫婦茶碗とか夫婦箸。夫婦っぽいいし同居してからも使えるし」

同居という言葉にギョッとして涼音は慌てて首を横に振った。

「わ、私はいいよ。だって今使ってるの気に入ってるし、それに」

そこまで言いかけて口を噤む。終わらせるつもりの関係にお揃いのものなど必要ない。

涼音の考えに気づいたのだろう。賢人が溜息をついた。

「それに、離婚するつもりだから?」

「……」

そうだと答えればいい。そうしたら賢人は諦めて離婚に同意してくれるかもしれない。

それなのに今は賢人を傷つけてしまったような気がして、彼の顔を真っ直《ます》ぐに見ることができなかった。

「と、とにかく、これ買ってくるからっ」

涼音は手近にあった茶碗を摑むと、賢人の返事を待たずにレジに向かった。

会計を済ませた涼音は、少し緊張した面持ちで店の外へ出たが、待っていた賢人はなにも言わず涼音から食器の入った紙袋を受け取った。

「……自分で持つよ」

「いいって。その代わり涼音はこっち」

先ほどと同じように差し出された手が仲直りの合図のような気がして、涼音は黙ってその手を取った。そのままふたりで駅ビルの外に出て、賢人がチラリと街頭の大きな時計を見上げる。

「お昼、なに食べる？」

なにもなかったように尋ねられ涼音はホッとして口を開いた。

「うーん、カレー以外」

「ははは。よく猪狩さんとカレー屋さん行ってるもんね」

「そう。茉莉ちゃん、あそこのチーズナンがお気に入りなのよ。私は一、二週間に一回ぐらいしか付き合わないけど、彼女はもっと通ってるんじゃない？」

「じゃあカレー以外で……そうだな、中華は？　俺は別の店舗に行ったんだけど、人気の飲茶《やむちゃ》のお店が近くにあったはず」

「あ、小籠包《しょうろんぽう》食べたい！」

「じゃあ、ちょっと待って」

賢人が苦笑しながらポケットからスマホを取り出して検索を始める。涼音は何気なく街並みに視線を走らせ、ふと目の前の不動産屋で目をとめた。

店は全面ガラス張りで、よくある物件情報が一面に貼り出されているタイプだ。繁華街だからかファミリータイプの掲示は少なく、ワンルームや広めの１ＬＤＫ、タワーマンションなどの物件が多い。

もし賢人と暮らすとしても仕事を続けたいから、できれば新居は会社まで乗り換えなしで通える路線がいい。

それに毎日とはいかなくても食事の支度もしたいし、一緒に食べたい。となると、深夜まで開いているスーパーがあるかどうかも重要なポイントだ。

そもそもどれぐらいの広さの部屋がいいのだろう。お互い仕事の持ち帰りもあるから部屋は独立している方がいいのか、広めのリビングで仕事のスペースを作るか。涼音がそんなことを考えていたときだった。

「興味があるのなら覗《のぞ》いてみる？」

スマホを見ていたはずの賢人が、いつの間にか涼音の横から視線の先を見つめている。

「えっ、な、なんのこと？」

考えていたことまで覗かれた気がして、涼音は慌てて不動産屋から視線をそらす。

「今、物件の張り紙ガン見してただろ。気になる物件があった？」

慌てて首を横に振ったけれど、肩を抱かれて店の前まで連れて行かれてしまう。

「見るぐらい、いいじゃん。さっきも言ったけど俺は今すぐにでも一緒に暮らしたいと思ってるんだから」

せっかくうやむやになったさっきの雑貨屋でのやりとりを蒸し返されそうな流れだ。

「……あ、ここなんてどう？　駅近のタワーマンション。２ＬＤＫでスポーツジムとサウナがついてるんだって。ふたりとも仕事を続けるつもりなら、多少高くても会社に近い方が便利だよね。でも店先に貼り出してある物件って客寄せで、いい物件をダミーで見せているところも多いらしいから、直接聞いてみる?」

今にも自動ドアから店内に入りそうな勢いの賢人と店の中からこちらを見つめていたスーツ姿の男性が立ち上がるのを見て、涼音は慌てて腕を引っぱった。

「み、見てないから……っ! ほら、冷やかしは迷惑だから行こ! 後藤くんが検索している間にたまたま不動産屋さんが目に入っただけだしっ」

力任せに賢人を引っぱって不動産屋の前から離れたが、無意識とはいえ彼との新居を想像していた自分が恥ずかしくてたまらなかった。さっきは離婚したいという態度をしたばかりなのにだ。

店から十分離れたところまできて、涼音はやっとホッとして賢人の腕を解いた。

「もう! お店の人が出てきそうだったじゃん!」

思わず叫ぶと、賢人は面白くなさそうな顔で呟いた。

「俺は別れるつもりがないから色々考えてるんだけど」

「……」

「プロジェクトが半年として、別に今から物件を見て準備しておくのは早くないと思うよ。そういう条件もこれから話し合っておいた方がいいね。あ、でも住む場所より、先に涼音のご両親にも挨拶に行かないと」

「あ、挨拶？　なんで？」

不動産屋の話からいきなり飛躍した会話の内容に涼音は首を傾げる。それを見た賢人が笑い声をあげた。

「相変わらず俺との結婚に興味がないんだね。普通結婚しますってときは相手の両親に挨拶するもんじゃないの？　まあ俺たちの場合は先に入籍しちゃったけど、その辺は許してもらえるように頑張るからさ」

言われてみるとまったくもってその通りなのだが、いずれ離婚するつもりだったから挨拶をするなど考えたこともなかった。

というか賢人が実家の両親に挨拶？　涼音はそのときの家族の反応を思い浮かべた。

結婚どころか彼氏の気配もない娘がいきなり入籍したと言ったら、あのふたりなら怒るより、むしろ諸手《もろて》を挙げて賢人を歓迎しそうな気がする。

いつも妹にも「お姉ちゃんより早く結婚したくないから頑張って」と急かされていたから、家族揃って大歓迎なのは間違いない。

うっかり家族に会わせでもしたら本当に賢人と別れられなくなってしまう。今は彼の言うことを聞くふりをして結婚を続けているが、彼の弱みを握るとか機会さえあれば離婚しようとしているのだ。

「新居のことを考えてるぐらいだから、少しは俺との結婚に前向きになってきたってことだろ？」

涼音が考えたくない心の内を読まれたような気がして、いつものようにすぐに言い返す言葉が出てこない。

口では別れたいと言って彼を傷つけ、内心はふたりで過ごす時間や優しく抱かれる夜を楽しんでいる。しかも結婚のおかげで会社でのセクハラ対策も万全になるし、いわば涼音だけがいい思いをしていることになる。

「こ、こんなの本当の結婚じゃないし」

それは賢人にではなく、自分に言いきかせる言葉だった。

いっそ賢人が怒ってくれれば話は早いのに、彼は面白そうに笑うだけだ。

「手強《てごわ》いね」

そう言った賢人の方が涼音より自信たっぷりに見える。絶対に涼音を思い通りにするという自信があるのだろうか。

「後藤くんこそ、しぶとい」

余裕のある態度が憎らしくて、涼音は賢人を上目遣いで睨みつけた。

なんだかこちらばかり必死になっていて、まるで彼の手のひらの上で転がされている気分だ。

「ねえ涼音。その後藤くんっていうの、ふたりのときはやめてって言ったじゃん。会社にいるみたいだし」

もう何度も言われているが、ついそう呼んでしまう。

「だって、その呼び方に慣れてるんだもん」

「ていうか、戸籍上は涼音も後藤なんだけど」

「……」

うっかり入籍とはいえ、確かに賢人の言う通りだ。しかしまだ戸籍以外に法的になにかが変わったという実感もないし、自分が賢人と結婚をしているというのは夢なのではないかと思うときがあるのだ。

「昨日はベッドで何度も呼んでくれただろ」

考え込んでいる涼音の耳元で、賢人が自分たちだけに聞こえるような小さな声で囁く。

「な……！」

思わずバッと振り返ると賢人がニヤニヤと笑っていて、涼音の慌てた顔を満足げに見下ろしていた。

悔しいけれどやっぱり手のひらの上で転がされている。

「もう！」

「わっ！」

カッとしてしまった怒りのやり場に困って、賢人の脇腹にグーパンチをねじ込みその場に置き去りにする。いっそこのまま置いて帰ろうかと早足になったが、すぐに追いつかれてしまった。

「待てって」

むりやり手首をとられてしまい仕方なく歩調を緩めると、賢人が溜息交じりに言った。

「涼音、仕事じゃないと沸点が低すぎない？」

「そっちが変なことを言うから！」

「それはいつまでたっても涼音が名前で呼んでくれないからだろ。これから涼音のご両親に挨拶にも行かなくちゃいけないし、そのときはなんて呼ぶわけ？」

「後藤くんでいいじゃない、別に。会社の同僚ですって紹介するんだし」

いつの間にか両親に紹介する流れになっていることに気づかずそう答える。

「そうかもしれないけど、そこは丸め込まれて賢人って言ってくれないと」

なんとしても名前を呼ばせようという努力が涙ぐましいというか、ちょっと可哀想になってくる。

夫婦というのは置いておくとしても、色々してくれているわけだし、自分だって賢人を少しぐらい喜ばせることはできる。

いきなり名前を呼んだら、さっきの試着室でのときみたいに赤くなるかもしれない。いたずら心がわいた涼音が名前を口にしようとしたときだった。

「賢人くん？」

涼音より一呼吸早く、その名前を呼ぶ声がした。

「やっぱり賢くんだ！」

「美咲《みさき》さん？」

涼音を見つめていたはずの賢人の視線が声のした方へ向けられる。

「久しぶりじゃない！　元気だった？」

ファッションビルの入口から、女性が手を振りながら駆け寄ってくる。

「どうしているのかと思ってたけど、元気そうね！」

隣にいる涼音が目に入らないのか、女性が親しげに賢人の腕に触れた。

年齢は自分たちより少し年上で三十をひとつふたつ過ぎたぐらいに見える。ワンレングスの黒髪に白い肌、目鼻立ちのはっきりとした人目を惹《ひ》く美人だ。化粧は控えめだが肌馴染みのいいベージュ系の口紅がとても上品に見える。

化粧品会社に勤めているせいで自分も含めて毎日フルメイクを見慣れているせいか、ついい人のメイクも気になってしまうが、彼女の場合美人だから手を加えなくても綺麗なのだと気づく。

仕立ての良さそうな花柄のワンピースに白いカーディガンを羽織り、手にはブランドもののバッグと白い日傘。うまく言えないけれど、女性として格上の、上品な雰囲気を纏《まと》った女性だった。

「こんなところで賢くんに会えると思わなかった。最近全然連絡くれないから。この間も母が賢くんに会いたいって噂してたのよ」

「おばさんが俺に会いたいわけないだろ。あの頃は俺やんちゃしてたし」

「そんなことないわよ。ほら中学生のときにおじさまと喧嘩して、家出してうちに来たときがあったじゃない。頼ってくれて嬉しいって言って、あれからずっと賢くんのこと実の息子みたいに心配してるのよ」

「やめてよ、何年前の話？　恥ずかしいじゃん」

賢人は照れたように笑いながら涼音を見た。その視線に、美咲と呼ばれた女性がハッと目を見開いた。

「もしかして……賢くんの彼女？」

ふたりの視線を一斉に注がれ、プレゼンなどで注目されることには慣れているはずなのに、緊張してキュッと心臓が縮み上がってしまう。

舞台の傍観者がいきなり壇上に引っぱり出されるのはこういう気持ちなのかもしれない。

突然話の中に引っ張り込まれた涼音は、美咲の問いに自分が頷いていいのか、それとも否定した方がいいのかもわからず、助けを求めて賢人を見つめた。

「おいで」

わずかに唇を緩めた賢人が涼音の手首を掴み自分のそばに引き寄せる。

「野上涼音さん、会社の同僚だよ。涼音、彼女は柏原《かしわばら》美咲さん」

背中を押されて、彼女がどういう人なのかもわからずぺこりと頭を下げた。

「こんにちは。野上です」

「はじめまして。賢くんのお兄さんの元婚約者で、彼の義理の姉になりそこなった柏原です」

「……」

なかなかインパクトのある挨拶に言葉が出てこない。というか初対面の挨拶の中に情報量が多すぎる。

そもそも彼に兄がいることも知らないし、元婚約者ということは何らかの理由で別れたというヘビーな情報を初対面で聞いてしまっていいのだろうか。

しかし心配をよそに美咲は涼音に向かってニコニコと微笑んでいる。

「ごめんね～デートの邪魔しちゃって。賢くんにこんな素敵な彼女がいて安心したわ。そうだ、今度うちに連れていらっしゃいよ」

「まだ親にも紹介してないのに、どうして先に美咲さんちに挨拶に行くのさ」

「あら、いいじゃない。私一人っ子だし、姉の気分を味わいたいの！」

美咲はそう言って賢人の腕を叩くと涼音に向かって微笑みかけた。

「ね、是非ふたりで遊びに来てね」

「……ありがとうございます」

涼音は賢人と美咲の距離感がわからず曖昧に微笑んだ。

「それじゃあこれ以上邪魔したら申し訳ないから、またね！」

美咲は言いたいことだけ言うと、ポン！　と小気味いい音を立てて日傘を開き、小さく手を振った。

涼音は去って行く後ろ姿を見つめながらホッと溜息をついた。

決して人見知りな質ではないけれど、とても親しげなふたりを見て疎外感のようなものを覚えてしまった。

「……綺麗な人だね」

「そうだね。それに賑《にぎ》やかな人だろ」

涼音は頷きながら小さく笑った。

「お兄さんいたの、知らなかったよ。何歳ぐらい年上なの？」

「六つ。実はさ、俺の兄貴……六年、いやもう七年になるのか。俺がイギリスにいるときに亡くなってるんだ。交通事故でさ。で、彼女は当時の婚約者」

まさか亡くなっているとは思わなかったので気軽に尋ねてしまったが、美咲が〝元〟婚約者というのにはそういう意味があったのだ。

「……ごめんなさい」

「どうして涼音が謝るの」

「だって、あまり聞かれたくない話だったんじゃない？」

だから二年も付き合いがあってもそんな話題にならなかったのだ。仕事上の付き合いとはいえ毎日一緒にいれば誰に妹がいるとか誰の娘は小学生になったとか、なんとなくプライベートの情報も入ってくる。思い返してみれば、賢人がそういう家族の話をしているのを耳にした記憶がない。

「別に隠していたわけじゃないよ。ただ話すとこうやって気を遣わせちゃうし」

すまなそうな顔をする賢人に、涼音は首を横に振った。

「そういえば後藤くんってイギリスのボーディングスクール出身なんだよね。お兄さんも？」

「ああ、俺だけ。高校の頃ちょっとやんちゃしててさ、派手な喧嘩して停学になったんだ。そしたら親に世間体が悪いから海外に行けって体よく追い出されたんだ」

十代の男の子が多少親に反抗するのはよくある話だが、停学となるとかなりのやんちゃだったようだ。美咲の家にもその頃出入りしていたのだろう。

涼音はふたりが会話しているときに感じたなんとも言えない親密な雰囲気は、そこからくるのかもしれないと思った。

賢人がお兄さんの婚約者という以上に、彼女のことを慕っているように見えたのだ。

「兄貴との婚約は自動的に解消されたし本当ならもう関係ないんだけど、親同士は昔からの知り合いだから、実際は兄貴たちが婚約する前からの付き合いなんだ。そのせいか今もなにかっていうと弟みたいに扱われるんだからたまんないよ」

うんざりという顔で肩を竦めたけれど、賢人が決してそれを嫌がっていないのがわかる。美咲が賢人を心配して、気にかけてくれているのがよくわかっているのだ。

賢人が時折弟っぽく見えるのは、美咲の影響があるのかもしれない。

自分を気にかけてくれる人がいれば、その人の気持ちを無碍《むげ》にしない。それが賢人の性格で、自分もそんな賢人だからなんだかんだと強くあしらうことができないのだ。

「涼音、もしかして俺がやんちゃしてた話に引いた⁉」

いつまでも黙っている涼音の顔を、賢人が不安げに覗き込んでくる。

「別に隠すつもりはなかったんだけど、今はちゃんと更生してヤバいこととかしてないから」

その焦った様子が面白くて思わず笑みを浮かべてしまったが、涼音はぼんやりと感じていた賢人への気持ちがわずかに輪郭をあらわしてきた気がした。

賢人より少し年上とはいえ美女と親しげにしていて、明らかに彼は美咲に好意を持っている。それを見たとき感じたのは負の感情だった。あのとき一瞬賢人をとられたくないと思ったのだ。

勝手に自分のものだと認識していた賢人が別の女性と親しくしているのを見て惜しくなるなんて、自分勝手すぎる。

なによりあのとき気になったのは、賢人が涼音のことを妻としてではなく、ただの同僚の野上涼音として紹介したことだった。それは彼女にふたりのことを知られたくなかったからだろう。

そのことを気にしてしまっている時点で、自分は賢人に気持ちを持っていかれ始めている。

そもそもどうして自分はなにがなんでも賢人と別れたいと思っていたのかもわからなくなった。

部下だから？　タイプじゃない？　彼のことが嫌い？　それとも酔った勢いで彼に迫った自分の失敗をなかったことにしたいから？

「涼音？」

名前を呼ばれて視線をあげると、賢人が心配そうにこちらを見つめていた。

――後藤くん、美咲さんのこと好きだよね。

そう尋ねたかったが、自分の気持ちに気づいてしまった今、そんなことは聞けなかった。

彼が誰かのものになることを想像したら、急に惜しくてたまらなくなるなんて最低だ。

「ホントにどうしたの？　具合悪い？」

涼音は慌てて唇で笑みの形を作る。

「ううん。お腹空いたな～って」

「ああ、ごめん。そうだった。ネットから席の予約できたから行こう。その路地の先なんだ」

涼音は賢人が差し出してくれた手を自分から握りしめる。

「うん。中華久しぶりだから楽しみ！　早く行こ。もうお腹ペコペコ」

涼音はわざと明るい声で言うと、無意識に賢人の手を離れないようにギュッと握りしめていた。

6

プロジェクトの稼働が本格的になり、もともと忙しかった涼音の仕事は混沌《カオス》と言いたくなるほど色々な案件が入り組むことになった。

幸い茉莉や賢人といったチームのメンバーが助けてくれたが、企画の最終チェックや制作中の商品の進捗確認などはしなければならず、プロジェクトの会議と開発部のオフィスを行ったり来たりの忙しさだった。

だからといって忙しいのは嫌いではない。仕事をしているという充実感があるし、なによりプロジェクトは精鋭揃いだから、意見を聞くだけでも勉強になることが多い。

涼音が提出した企画や意見について厳しいことを言われることもあるが、これまで上司がはっきり言ってくれなかった部分に気づくことができて、落ち込むと言うより面白いと言う気持ちの方が勝っていた。

今回の企画の肝は社名にもなっている〝ミモザシリーズ〟の始まりとなった石鹸の復刻版だが、それになにかプラスアルファになる商品を考えるのがプロジェクトメンバーの仕事だった。

開発部の面々から定番の記念香水や口紅、限定販売のメイクパレットなどの案が出るがどれも二番煎じ感がある中で、涼音が提案した企画にメンバーのひとりである門脇が目をつけた。

「野上、このボディケアシリーズの企画について聞きたいんだけど。うちはメーキャップやスキンケア商品はよく動くけど、これまであまりボディケア用品が動いていないのは知ってるだろ？　それなのにどうしてわざわざこれを提案したんだ？」

他のメンバーも門脇の意見に同意するように頷く。涼音は注目されていることを感じ、天敵である宮内がいないことに安堵し、それから少し緊張して口を開いた。

「門脇さんのおっしゃる通り、ボディケア用品の売り上げは芳《かんば》しくありません。ですが、敢えてうちの弱みに目をつけてみました。なぜボディケア商品が動かないか。それはミモザからボディケア用品が出ていることが浸透していないからだと思うんです」

ミモザコスメティックのボディケア商品は、個人的にはとても優秀だと思う。スキンケア商品のノウハウを使ったボディクリームや入浴剤など涼音自身も愛用しているが、いまいち消費者にその良さが伝わっていないことが気になっていたのだ。

「まず思いきって価格帯を下げて、幅広い年齢層に目にしていただけるようデパートコスメのラインナップではなく、ＧＭＳやドラッグストアなどで手軽に手に取ってもらえるものを考えています」

GMSとは英語でジェネラルマーチャンダイズストアの略で、日本では食料品や衣料品、日用品まで幅広い商品を扱う全国展開の総合スーパーのことを指す。

GMSにも化粧品コーナーがあり専門の美容部員も常駐しているが、その売り場でもボディケア用品は隅の方に追いやられている。

既存のボディケア用品が動くのはほとんどが百貨店で、一般の消費者が日々買い物をする場所では興味を持つ人がいないということだ。

「なるほど、それでボディソープを提案するってわけか。でも創業記念のプレミアム感が弱いんじゃないかな」

門脇の隣で話を聞いていた諏訪が難しい顔になる。

「ええ、ですから百貨店やGMSのコスメ売り場も巻きこんで展開をするのはどうでしょう。例えば今回石鹸が発売されることは決定ですよね？　でも今の時代に石鹸を使っているご家庭って少ないと思いませんか？　ご年配の方やうちの商品をラインで使ってくださっているVIPのお客様は喜んでご購入くださいますが、若い方はどうでしょう。実際私も自宅ではポンプタイプの液体で出てくるものを使っています。洗顔は専用のクレンジングや洗顔料がありますし、石鹸の出番って少ないんですよ」

すると話を聞いていた男性陣がなるほどという顔で頷いた。

「ああ、そういえばうちも液体のボディソープだな」

「確かに。うちも子どもたちが喜ぶから泡で出てくるタイプだ」

「そうなんです。でもミモザの石鹸の良さも今の方々にお伝えしたい。そこで初代の固形タイプと一緒に、同じ香りで液体のポンプタイプのものを提供したらどうかと思うんです。これなら価格を下げて日用品コーナーやドラッグストアにも置いていただけますよね。メーキャップだけに拘らず、普段ミモザを使わない男性ユーザーの方の目にもとまるような広い売り場展開も可能です。アイコンに男性アイドルに登場してもらってCMなどで若い層の注目を集めるとか、SNSを使って若い人に広めてもらえるようにサンプリングをしたらどうでしょうか」

涼音は最初の緊張など忘れて、考えていたことを一気に話した。たくさんのヒット商品を生み出した人たちの前で自分の企画を聞いてもらう機会など二度とないかもしれないと思ったからだ。

「面白いな、エイジレスにジェンダーレスか」

「確かに今の時代に合っていてコンセプトも説明しやすいし、営業としては助かりますね」

営業部の男性が興味深げに同意してくれる。表情を見る限り、他のメンバーの反応も悪くない。

「だがボディソープだけでは弱いだろ」

「もちろんです。同じシリーズとしてミモザの香りのボディミルクやハンドクリーム、日常使いできるものをラインで展開します。すでに発売が決まっている記念商品とパッケージを揃えて売り場に並べれば、コスメコーナーでも積極的にお勧めできます」

いくつか改善点などがあげられ、自分が気づかなかった問題点やアイディアが追加されて、さすが各部の精鋭だと涼音は内心ワクワクしていた。

このプロジェクトでは年齢や経験に関係なく、企画として自分のアイディアを話し合ってくれている。

「野上、次の会議までにブラッシュアップした企画書出せるか？　それと上層部へのプレゼンだ」

「はいっ！」

大きな声で返事をしてから、今さらながら自分の企画が取り上げられたことが信じられなかった。

あまりにもスルスルと話が通った上に、改善点があるにしろベテランの先輩社員が自分の企画に乗り気になっているなんて信じられない。

会議が終わってみんなが席を立ったあともしばらく呆然としていて、門脇に肩を叩かれて我に返った。

「どうした、野上。ぼーっとして」

「いえ……本当に私の企画でいいのかなって」

涼音が本音を口にすると、門脇が噴き出した。その後ろでは諏訪もニヤニヤと笑っている。

「なんだよ、あんなに力入れて説明してたのに今さら自信がないとか言うのか？」

「だって、門脇さんや諏訪さんって私が憧れている開発のアイディアマンなんですよ。そんな輝かしい実績をお持ちの皆さんの前で自分の拙い企画なんか発表したと思ったら急に怖くなってきちゃって」

しかもいつもの季節ごとに発売する定番商品ではなく、創業百二十周年を記念して大々的に発表する商品だ。

もしこの企画が失敗したら自分だけでなく、プロジェクトに参加していたメンバー全体の評価が下がってしまう。

「僕はとてもいい企画だったと思うよ。消費者目線でよく考えられてるし、時代にも合ってるしね」

「そうそう。こういう言い方はダメかもしれないけど、若い女性らしい目の付け所で、俺たちオッサンみたいに視野が狭くないのもいい。自分の企画なんだからもっと自信持て」

「ありがとうございます」

開発部のベテランに褒められ、涼音は素直に頭を下げた。

「今日は宮内くんもいなかったから、みんなの指摘も素直に聞けたでしょ。彼、君に厳しいところがあるから」

諏訪がのんびりした口調でドキリとするようなことを口にした。やはりふたりも宮内が流したあの卑劣な噂のことを耳にしているのだろう。

せっかく仕事を認めてもらったのにふたりにもそんな目で見られているかもしれないと思ったら、居たたまれない。恥ずかしさに俯いてしまいそうになったときだった。

「あんな馬鹿げた噂を流すなんて、彼も相当野上さんの才能に嫉妬しちゃってるんだろうね」

諏訪がやれやれと溜息をつく。

「いい仕事するんだけど、ちょっと嫌味っぽいと言うか腹黒いんだよね、彼。まあ広報なんて代理店とか他社との駆け引きもあるし、そうならざるをえないんだろうけど」

諏訪の隣で門脇が苦笑いを浮かべて頷いた。

「まあ、あんまり気にするな。開発の人間はちゃんと仕事をする人間だったら、どんな噂を流されようと仕事ぶりを評価するんだ。だからおまえだってチームのリーダーを任されてるんだろうが」

「……はい」

確かに開発部に入ってからは、宮内に言われていたような嫌味を言われたこともないし、噂を鵜呑みにして声をかけてくるのは他部署の人たちだ。

「ちなみに、俺が若手の頃はあんなにバンバン企画が出せるのは人のアイディアを盗んでいるからだって言われたぞ」

「僕は専務の娘婿だから優遇されてるって言われたな。そういうことを言うヤツは企画を考える産みの苦しみを知らないいんだよね」

男ふたりは顔を見合わせてはははっと軽く笑っていたけれど、自分にもそんなふうに笑える日が来るのだろうか。

「野上さん、仕事は旧姓のまま続けるの？」

賢人との入籍を発表したとたんよく尋ねられるようになったが、別れることばかり考えていたから夫婦別姓がどうこうはあまり意識したことはなかった。

チーム内では先輩とか主任と呼ばれていたし、プロジェクトメンバーにも旧姓で呼ばれていたのでそんなものだと思っていたのだ。

「えーと、そのつもりなんですけど、まずいですか？」

もしかして会社的に夫婦別姓はダメだとか決まり事があるのだろうか。しかし諏訪は専務の娘婿だが専務の苗字に変えていないはずだ。確か専務の苗字は橋場《はしば》だった。

「諏訪さんは苗字を変えてないですよね？」

「ああ、うちは娘婿って言ってもその下に弟さんがいるから婿養子じゃないんだ。だから奥さんの方が諏訪になったわけ。婿入りしていたらもっと色々言われただろうから良かったよ。後藤ならそうめずらしい名前じゃないけど、玉の輿だなんだとあれこれ気にする人もいるだろうから、彼とよく相談した方がいいよ。まあ次の異動でどちらかが動くだろうから後藤になっても問題ないんだろうけど」

そうなのだ。入籍のあとすぐに部長からその話はチラリと出ていて、夫婦で同じチームは前例がないので異動があるだろうと言われていた。涼音はチームのリーダーで十中八九賢人が動くから、君はいつも通りでいいと言われたばかりだった。

そういえば宮内も〝玉の輿〟と口にしていたが、どういう意味だろう。不思議に思った涼音がそのことを尋ねようとしたときだった。一呼吸早く門脇が涼音の背中をポン！　と気合いを入れるように強く叩いた。

「お互い才能があると辛いな！　期待してるんだから頼むぞ。目指せ社長賞だな！」

「そうそう。社長賞は特別ボーナスがあるからね。大盤振る舞いでプロジェクトメンバー全員に出るかもしれないから野上さんよろしくね」

ふたりに励まされて、さっきまで不安が大きかったはずなのに、今はこの企画が通ってたくさんの人に商品を手に取ってもらえるかもしれない期待感の方が大きくなっていた。

「はい！　よろしくお願いします！」

今日の話を聞いたら賢人も喜んでくれるだろう。プロジェクトに選ばれたことをすごく喜んでくれていたし、なによりとても応援してくれていた。

早くこのことを伝えたいと思うなんて、なんだか本当の夫婦みたいだ。そう考えたとき、それがなぜかとても自然なことのように思えた。

会議室からオフィスの自席に戻ったとたん緊張感から解放された涼音は、大きな溜息をついて机に突っ伏した。

「はーーー」

レギュラーの仕事もやることは山積みなのだが、自分のデスクの脱力感は半端ない。

「あー疲れたぁ……」

再び声に出して呟くと、クスクスと笑う声と一緒に、目の前に見慣れない、飲み口に金の縁取りが入った赤いマグカップが置かれた。

「先輩、お疲れさまです。コーヒーどうぞ」

視線をあげると茉莉がにっこりと微笑んでいる。

「ありがとう、茉莉ちゃん。でも、これ私のカップじゃないよ」

涼音のマイカップは白地にブルーの花柄が散ったものだから、誰かと間違ったのだろう。

しかし茉莉は訳知り顔で首を横に振った。

「いいえ、合ってますよ。先輩は今日からこのカップです」

「え？」

「後藤くんがこれに変えてって持ってきたんです。なんと、これペアカップなんですよ。先輩が赤で後藤くんのは紺に金の縁取りなんですけど知りませんでした？　ラブラブですね」

茉莉はふふふっと可愛らしく笑うと自分のデスクへ戻っていった。

チラリとオフィスに視線を巡らせると、少し離れた席に座る賢人と視線がぶつかる。

賢人は涼音と目が合うと楽しげに目尻を下げて、紺のマグカップを乾杯するみたいに高く掲げた。

どうやらあれが茉莉の言うお揃いのマグカップらしい。同じようにするのは気恥ずかしい気がして、涼音はただ頷き返した。

さっき門脇や諏訪と話をしているときも思ったが、いつの間にか賢人と夫婦として扱われることが自然になっている。

嬉しかったことを共有したいと思うし、彼にも同じように喜んで欲しい。

応援してくれる人がいるからこそもっと頑張ろうと思える。男性が家族のために仕事を頑張れるというのはこういうことかもしれない。

涼音は真新しいマグカップに口をつけながらそんなことを考えた。

＊＊＊　＊＊＊　＊＊＊

「マグカップありがとう」

涼音は携帯電話に向かってそう口にした。

いわゆる〝週末婚〟は続いていて、平日の夜は賢人が必ずおやすみの電話をかけてくる。

会社でも毎日顔を合わせているのだし、最初は本当におやすみを言うだけだったのに、涼音がプロジェクトに時間をとられることも多くなり、昼間の出来事を寝る前に報告し合うようになっていた。まるで本物の恋人か夫婦みたいだ。

『お箸のお揃いは断られちゃったけど、カップならＯＫみたいだね。どういう心境の変化？』

「もう……そんな嫌味言わなくても」

初めて買い物に行ったときにペアは買わないと断ったことを根に持っているのだろう。

あのときはペアなんて有り得ないと思っていたのにマグカップはすんなり受け入れるなんて随分な心境の変化だと自分でも思う。

「茉莉ちゃんの前でペアは嫌だって言ったら変に思われるし、せっかく後藤くんが買ってきてくれたし……」

涼音がしどろもどろにいいわけを口にすると、電話の向こうで賢人がわずかに笑う気配がした。

『プロジェクトも順調みたいでよかったよ。門脇さんと諏訪さんが味方してくれるなんて最高じゃん。言っただろ、あんな噂信じてるヤツはバカだけだって。いい仕事をしてれば、ちゃんと見てくれている人はいるんだからさ。プレゼンに必要な資料とかあったら準備手伝うからいつでも言って』

「うん、ありがとう」

仕事の話や茉莉がなんと言ったかなど涼音が話していると、賢人が思い出したように言った。

『そうだ、涼音。今週の金曜って定時で上がれるかな?』

「えーと、大丈夫だよ。来週また会議があるけど、企画書の修正は進んでるから問題ないし」

賢人と婚姻関係になってから、なるべく週末に仕事を持ち込まないよう調整するようになった。というか週末しか会えないのに仕事を持ち込むと賢人が拗ねるからだ。

新製品の反応をこっそり見たくて店頭調査に行きたいというのは許してくれるが、それもデートの一環として賢人が同行するようになった。

『じゃあ空けておいてくれる?』

「うん、どこかに行くの?」

賢人がわざわざ早いうちから予定を聞いてくるのはめずらしい。普段は涼音の仕事を優先してくれていて、平日会社帰りに食事をすることもあるが、あくまでも時間が合えばというのが暗黙の了解だったからだ。

『うん、ちょっとね』

もしかしてどこかで食事を予約しているのだろうか。だとしたらさらにめずらしい。

「ねえ。その言い方、メチャクチャ気になるんだけど」

『それは当日のお楽しみ。それより残業にならないようにね。誰かさん、仕事になると俺との約束なんてどうでもよくなるんだから』

「どうでもいいなんて思ったことないし」

『そうかな？　俺より残業の方が好きそうだけど』

電話の向こうで、賢人が少し拗ねたように呟いた。

本当に彼との約束をないがしろにしているつもりはないが、残業で彼との約束をキャンセルしようとした前科があるので疑われているのだろう。

「わかりました。金曜日は絶対に定時で上がるって約束するから」

『ホントに？　もし約束破ったらペナルティだよ』

「はいはい。約束します」

涼音はそう返事をして本棚の上に置いてある時計を見上げた。

「ねえ、そろそろ寝ないと」

するとと電話の向こうで盛大な溜息が聞こえた。

『……会いたい』

掠れた声で呟かれ、その艶めいた響きに心臓がリズムを崩す。

『早く週末にならないかな。今すぐ涼音を抱きしめて一緒に眠りたい』

「へ、変なの……毎日、会ってるでしょ」

不自然に声が上擦ってしまい、ドキドキしていることに気づかれてしまいそうだ。

『涼音のすぐ拗ねてへの字になる唇にキスしたい。すぐ赤くなる小さくて可愛い耳朶にもキスしたい。それから俺に触られるとすぐ硬くなる乳首を指で摘まんで、舌でいっぱい転がして啼かせたい』

「……っ」

『涼音はすぐにあそこが濡れちゃうから、ちゃんと舐めて綺麗にしてあげるよ。好きでしょ、俺に舐められるの』

いやらしい言葉ばかり羅列され、羞恥で顔が熱くなる。それどころか言葉だけなのに賢人に触れられているときのように身体が疼いてしまう。

『一番感じやすい場所を指でクリクリされるのも好きだよね。指で浅いところを擦ってあげるといつもすぐにイッちゃうし』

頭の中が賢人に触れられたときの記憶でいっぱいになる。気づくと足の間が痺れて、なんとも言えない切ない気持ちに、無意識に太股を擦り合わせたときだった。

『もしかしてもう濡れてきちゃった?』

まるで電話の向こうからこちらの行動を見ていたかのような言葉にまっ赤になる。

「バ、バカッ! エッチ‼ もう電話しないから‼」

気づくと携帯に向かってそう叫んで電話を切っていた。

「もう……っ」

携帯をベッドの上に放り出し、転がっていたぬいぐるみに顔を埋める。

日を追うごとに賢人のエロさというか色気がどんどん増していて、もう自分の手には負えなくなっているような気がする。

しかもまずいことに賢人のいやらしい囁きや淫らな言葉に反応してしまう自分がいるのだ。

離婚離婚と言い立てている割に賢人と身体の関係を持つことを拒んでいない自分は、実は淫乱なのかもしれない。本当に別れるつもりならそういうことも断固拒否しなければいけないのに、賢人に触れられると拒む気持ちなどどこかへ消え去ってしまう。

「はぁ……」

溜息をつきながら寝返りを打ったとたん、タイミングよく枕元に放り出してあった携帯

が震えだす。画面には賢人からのメッセージが届いたという通知が表示されていた。

——おやすみ。また明日。

ハートマークの絵文字とピンクのウサギが布団で眠るスタンプを見て、怒っていたはずなのに気づくと苦笑が浮かんでしまう。

いつの間にか涼音の心と生活の中に賢人が入ってきて、当たり前のように真ん中にいる。これまで賢人がいなくても回っていた生活が、気づくと彼がその歯車の大きなひとつになっていた。プロジェクトが終わるまでに離婚してもらえるよう説得するはずだったが、この歯車がなくなったとき自分は以前のように生活していけるのだろうか。今はそのことを考えたくない。

涼音はわざと怒った顔をしたウサギのスタンプを送り返して携帯の画面を閉じた。

7

約束の金曜日。涼音は予告通り定時にオフィスを出た。

もともと金曜日はノー残業デーと決められているので、涼音がめずらしく定時に席を立っても不審に思う人は少ない。他の同僚も自分の予定があって急いでいるからだ。

ただ表向きは夫婦と認められているとはいえ後輩たちの前で賢人と連れ立っていくのはなんとなく恥ずかしくて、待ち合わせはあらかじめ会社のロビーを指定してあった。

落ち合った賢人に連れて行かれたのは、なんと銀座の高級宝飾店だった。

「後藤くん、ここって」

店の前でタクシーを降り、涼音は目を丸くした。

さすがに宝飾店まで連れてこられれば、彼がなにを考えているかぐらいはわかる。結婚指輪を買おうとしているのだ。

涼音があれこれ言う前にドアマンが扉を開けてしまい、なにも言えないまま煌《きら》びやかな店内に足を踏み入れることになってしまった。

賢人が名前を告げるとすぐにこぢんまりとした個室に案内され、店員はお辞儀をして部屋を出て行く。扉が閉まったとたん涼音は慌てて口を開いた。

「後藤くん、私」

指輪を受け取ってしまったら本当の結婚になる。というか、本当に自分は賢人と離婚したいのかもうよくわからなくなっているが、気持ちもはっきりしていないのに指輪を受け取ることはできない。

「ダメだよ。もう注文しちゃってるから今さらキャンセルできないし」

涼音が断ろうとする気配に気づいた賢人は、先回りしてそう口にした。

「そんな……それなら一言ぐらい相談してくれればよかったのに。もともと私が原因なんだし」

「涼音ってホント男心がわかってないな」

賢人が悲しそうに溜息をついて涼音の左手をとった。

「入籍してからここ数週間、涼音の指になにもつけてあげられなかったことが気になってたんだ。女子社員は目敏いから指輪をしてないのを気にしてたみたいだし」

長い指がトントンと左の薬指を叩く。

「私も一度茉莉ちゃんに聞かれたけど、それは急だったから追々って言ってあるし大丈夫だよ」

「それは最初のうちだけだろ。いつまでも涼音の指が寂しかったら、俺が指輪も買ってやらない甲斐性《かいしょう》なしってことになるんだけど」

言われてみればその通りだ。涼音は指輪がなくても一向に気にしないが、他の社員からそのことを聞かれるたびに賢人が不快な思いをするのは嫌だ。

「じゃ、じゃあ私もお金払うから」

この入籍騒動の半分は自分の責任なのだから、賢人にばかり負担をかけたくない。

「いいって。こういうのは男が買うものだろ」

「どうして男が買うものって決めつけるわけ？　後藤くん、週末に料理してくれるときいつも言うじゃない。別に女性がやらなきゃいけない決まりはないって。だったら指輪は男が買うものって理屈はおかしいでしょ」

「忘れてた……涼音はうちのエースでプレゼンの達人だって」

賢人ががっくりと肩を落としたのを見て、涼音はもう一押しだと思い再び口を開く。

「だったら」

しかし、そう言いかけた涼音の唇に賢人の人差し指が押しつけられる。

「これ以上そういう可愛くないこと言うんだったら、今すぐここで塞ぐけど」

「な……っ」

突然甘くなった空気と唇に触れる指の感触に頭に血が上ってなにも言えなくなる。

賢人が塞ぐというのはこうして指で押さえるとかではなく、むりやりキスして言葉を封じるという意味だ。親しくなってからはまだ数週間だが、それぐらいのことは理解できるようになっていた。

「むりやり塞いで欲しい？　俺はそれでもかまわないけど」

涼音が狼狽える様子を見て、賢人が満足げに唇を歪める。

いつ店員が戻ってくるかもわからない部屋でキスなどされたくない。涼音が諦めてプイッと顔を背けると、賢人は満足げに微笑んで涼音の頭を撫でた。

「いい子」

「……っ」

賢人はなんだかんだと涼音に譲歩するような顔をして、肝心なときは自分の意見を曲げようとしない。というか、涼音が折れるように仕向けるのだ。

いつもその手にのらないようにと思うのに、気づくと彼のペースになってしまっている。

賢人に負けたことを認めたくなくて膨れていると扉をノックする音が聞こえて、女性店員が姿を見せた。

「お待たせいたしました」

ささげ持って運ばれてきたのは、赤いビロード張りのジュエリートレイだ。

「どうぞ」

そう言ってテーブルの上に置かれたトレイの上には、予想通りペアの指輪となぜかもうひとつ大きめの石がついた指輪が載せられている。

「涼音。手、出して」

言われるがまま左手を差し出すと、賢人がペアリングのひとつを薬指にはめてくれた。プラチナに小さなダイヤが一列に並んだシンプルなデザインだ。

「サイズはどうかな。大きくない？」

賢人は心配そうに聞いたが、いつ指のサイズを測ったのだろうと気になるぐらい涼音の指にぴったりだ。

「……大丈夫みたい」

「じゃあ俺にもつけて」

「……っ」

確かに賢人がつけてくれたのだからお返しをするのは当然だ。しかしその様子を微笑ましそうに見守っている店員の前でそれをするのは恥ずかしくてたまらない。

スッと目の前に左手を差し出され、涼音は観念してもうひとつのリングに手を伸ばした。

賢人のリングはプラチナの部分は同じデザインだがダイヤは入っていないさらにシンプルなものだ。

指輪を手に取ったものの、なんだか結婚の誓いのようで躊躇《ためら》ってしまう。すると賢人が期待に満ちた甘い声で名前を呼んだ。

「涼音」

「……っ！」

蕩けてしまいそうな熱っぽい声音に、心臓が大きな音を立てる。当然頬は火照って熱い。

涼音は震える指でなんとか賢人の薬指にリングをはめた。

「ありがとう」

言葉に誘われ視線をあげると、賢人が相好を崩し幸せそうな笑顔を浮かべている。その優しい笑顔を見ていると、まるで本当に結婚したような気持ちになってしまう。

「とてもお似合いですわ。是非こちらとも組み合わせてみてください」

店員の言葉に賢人はジュエリートレイの上で燦然《さんぜん》と輝く指輪を手に取って、ペアリングに重ねるように薬指にはめてくれる。

プラチナの台座の中心には無色のダイヤ。そしてアクセントのようにピンク色の石がその周りにちりばめられていて、二本のリングを組み合わせて使えるようになっているらしい。

キラキラと輝く指輪が眩《まぶ》しすぎて、すぐには言葉が見つからない。

「いかがですか？　こちらのピンクダイヤは天然ですからいつまでも美しい発色をお楽しみいただけます。とてもお似合いですよ」

という店員の言葉にも、

「キレイ……」

そう溜息交じりに呟くのが精一杯だった。

しばらくその輝きに見蕩れていると、賢人が涼音の左手をとった。

「ピンクダイヤって〝完全無欠の愛〟って意味があるんだって。永遠を約束するのにピッタリだろ?」

まさかこんな本格的な指輪を渡されると思っていなかったから驚いている自分と、嬉しくてたまらない自分がいる。

そしていつもつれない態度で賢人の想《おも》いを踏みにじっていたことが申し訳なくなった。

賢人はこの成り行きで始まった関係を真剣に考えてくれている。

「よく似合ってる。気に入ってくれると嬉しいけど」

涼音がいつまでも黙っていることが不安になったのか、賢人の眼差しが不安げに揺れる。

涼音は慌てて感謝の言葉を口にした。

「ありがとう……でも」

「でも?」

一瞬安堵した賢人の顔が再び曇る。しかし涼音は言わずにはいられなかった。

「こんな立派なの、失《な》くしたらどうしよう」

不安のあまりそう呟くと、賢人は一瞬ぽかんと口を開け、それから盛大に噴き出した。

「だ、だって、ホントに失くしそうだもん。あの、これって失くしたらこっそり作り直してもらうとかできるんですか？」

「涼音。それ俺の前で言ったらこっそりじゃないと思うけど」

「あっ！」

慌てて口を押さえる涼音を見て、とうとう店員も我慢できずにクスクスと笑い出した。

「可愛らしい奥様ですね」

「そうなんです。可愛すぎるから目が離せなくて困るんですけどね」

そう答えながら涼音に向かって片目を瞑る。

「ご、後藤くん⁉　なに言って……！」

賢人は狼狽える涼音の手を引き寄せると、まるで王子様のようにその手にキスをした。

「ちょ、ちょっと！　こんなところで……」

まっ赤になって店員を振り返ると、仕事柄イチャイチャするカップルなど見慣れているのだろう、彼女は唇に慇懃《いんぎん》な笑みを浮かべてふたりのやりとりを見守っている。

その場で慌てているのは涼音だけで、賢人も店の人も新婚カップルならこれぐらいは当たり前だと思っているらしい。涼音は早くこの場所から消えてしまいたくて仕方がなかった。

そしてやっと店を出たとたん、再びタクシーに乗せられる。

「どこに行くの？」

「今度は食事」

そう言って腕時計に視線を向けた賢人を見て、やはり店を予約しているのだと見当をつけた。

タクシーで連れて行かれたのは都内の老舗ホテルで、タクシーのドアが開くと、早速ドアマンが出迎えてくれる。ここで食事となるとかなり高級なレストランのはずで、仕事着のままできてしまったことが不安になった。

ロビーは適度に人で賑わっており、賢人はそのまま涼音の肩を抱いてエレベーターへと向かう。大理石の床に敷かれた赤いカーペットがちょうど道しるべのようになっているのだが、慣れない厚みにヒールを引っかけてしまいそうになる。

「涼音、お願いがあるんだけど」

「なあに？」

踵《かかと》を気にしていた涼音は半ばうわの空で返事を返す。

「ここでは俺のこと名前で呼んでくれないかな」

「え？　どうして？」

背中を押されてエレベーターに乗り込みながら首を傾げた。

さっきの宝飾店でも何度か後藤くんと呼んでしまったけれど、なにも言わなかったのにどうしたのだろう。

「どうしても。ね、お願い」

「いいけど……」

切実とまでは言わなくても賢人の必死さが伝わってきて、涼音は素直に頷いた。

「でも、気をつけるけど、間違えたらごめんね？」

これまでも何度か指摘されているが、どうしても後藤くんと呼ぶクセが抜けないのだ。

「うん、ありがとう。その代わり、今夜は帰ったらたっぷりサービスするから楽しみにしてて」

チュッと音を立てて耳に口づけられ、ここがエレベーターの中だというのに涼音が身体を震わせたところで扉が開いた。

赤い顔のままエレベーターを降りると、すぐに案内の男性に声をかけられる。

「いらっしゃいませ」

「後藤で予約が入っているはずです」

「お待ちしておりました。お連れ様はすでにお見えでございます」

「そう」

賢人が素っ気なく頷くと、そのまま案内の男性が先に立って歩き出した。

——お連れ様って、言ったよね？

涼音の聞き間違えか、それともウエイターの間違いかと賢人を見上げたが、その横顔は唇を引き結んで少し緊張しているように見える。

涼音が尋ねていいものかと迷っているうちに、個室へと案内されてしまった。

「こちらでございます」

案内された席には先に男性がひとり座っていて、部屋に入ってきた涼音と賢人に向けられた視線に厳しさを感じて、涼音は緊張に身体を強張らせた。

しかもその男性は下っ端社員の涼音でも見知っている顔だった。

「しゃ、社長……！」

どうしてここに社長がいるのだろうか。ウエイターが部屋を間違って案内したというのが妥当な線だが、社長と呼んでしまった以上、出て行くにしても挨拶はした方がいいだろう。

しかし涼音が挨拶をするよりも先に社長が先に口を開く。

「遅いぞ、賢人」

「仕方ないだろ。平社員はあんたみたいに自分の都合で会社を抜け出せないんだ」

——なに？

わけがわからず涼音が賢人の顔を見上げたときだった。

「涼音、紹介する。俺の父、後藤康隆《やすたか》。知ってると思うけどうちの社長。こちらはこの間知らせた通り、先日入籍した野上涼音さん。うちの開発部のエースだから名前ぐらいは聞いたことあるだろ」

賢人は涼しい顔をしてそう紹介したが、まだ状況が飲み込めない涼音は賢人と社長の顔を交互に見比べることしかできない。

すると最初に厳しいと感じた眼差しよりはわずかに和らいだ口調で、社長が先に口を開いた。

「どうも、息子がいつもお世話になっております。メーキャップセクションの野上さんですよね。今回の特別プロジェクトのメンバーでも名前をお見かけしました。とてもご活躍だそうで」

「お、恐れ入ります」

少しずつ情報が整理され、バラバラに散らばっていた色々な疑問がパズルのピースのように頭の中の隙間にはまっていく。

宮内に当てこすりのように言われた〝玉の輿〟や、諏訪が心配していた苗字の話など、あの人たちは賢人が誰なのか知っていて、当然涼音も知っていることを前提で話していたのだ。

それにしても親に紹介するつもりならあらかじめ教えておいて欲しかった。服装だってもっと気を遣うこともできたし、なにより心の準備をしたかった。

しかもこの場合自分は社長に取って息子の嫁なのだから、挨拶が遅れたことを詫《わ》びるべき立場な気がする。涼音が心の中で賢人に向かって悪態をついたときだった。

「野上さん、来てもらって早々ですが息子とは別れていただきたい」

「……は？」

先ほどの挨拶とはまったく違う厳しい声音に、涼音は一瞬言葉を失った。

「こいつがあなたになにを言ったかは知りませんが、息子は私の後継者として将来的には会社を継いでもらうつもりです。それには然《しか》るべき家の女性と結婚してもらいたいと考えています。失礼ながらあなたのことを調べさせてもらいましたが、これまでにも社内の男性と色々噂になっているそうで、賢人にもそういう軽い気持ちで手を出したんじゃないんですか？　うまくいけば玉の輿に乗れると」

次から次へ硬い礫《つぶて》のような言葉を投げつけられて、スッと血の気が引いていく。

勝手に入籍したことを歓迎されないのは仕方がないとしても、面と向かってここまでひどいことを言われるのは、人生でも初めてかもしれない。

「おい、失礼なことを言うなよ！」

「失礼なのは彼女の方だろう。そもそも事前の挨拶もなく、親の許可なく入籍するなんて非常識にもほどがある」

「それは俺が強引に婚姻届にサインさせたからで、涼音のせいじゃない。突然彼女を連れてこいなんて言うから何事かと思ったけど、まさかこんなことを言うためだったとはね」

口にこそ出さないが賢人はあからさまに落胆していて、ここで初めて親子関係があまり芳しくないことに気づいた。

賢人は明らかに父親に敵意を持っていて、父親は父親で息子の行動を信用していないように見える。

以前賢人が荒れていたときもこんなふうに頭ごなしに怒鳴られていたのかもしれない。

「だいたいおまえは昔から問題を起こして親に迷惑をかけてばかりだ。学校で暴力沙汰を起こしたときだって、私が手を回して海外に行かせたからやり直すことができたんだろう。裕貴《ゆうき》がいれば私だっておまえに拘らん！　もう私の跡を継げるのはおまえしかいないからこんなに気にしてやっているんだろう！　少しは親の言うことをきけ‼」

割れ鐘のような怒鳴り声に思わずビクリとして首を竦めてしまう。

ふたりの間には根の深そうなわだかまりがあって激高しているのだろうが、いくら個室とはいえレストランで出す大声ではない。

横目で賢人の様子を窺《うかが》うと、その目には今まで見たこともないような暗い光を浮かべて、父親に冷ややかな眼差しを向けていた。

一瞬怒っているのかと思ったが、いつも見上げてしまう長身や涼音の身体がすっぽり収まってしまう広い胸が、なぜか今にも頽《くずお》れてしまいそうなほどもろく見える。

社長は自分の言葉が息子を傷つけていることに気づかないのだろうか。涼音が思わず賢人の腕に手を伸ばしかけたときだった。

「結局俺がどう変わろうがあんたの考え方は変わらないんだな」

賢人が吐き出すように言った。

「俺のことが気に入らないのなら勘当してもらっていい。会社も辞めるし、もうあんたの前には顔を出さないって約束してやるよ。涼音、行こう。やっぱり連れてこなければよかった」

そう言い捨てると賢人が涼音の手首を摑む。そのまま部屋から連れ出されそうになり、涼音は慌ててその場に踏みとどまった。

「涼音?」

訝《いぶか》るように眉を顰める賢人に頷き返すと、涼音は社長に向き直る。

「お言葉ですが、それはあまりにも賢人さんの気持ちや能力を無視されているんじゃないでしょうか」

涼音の言葉に社長が眉を上げた。

「……なんだと?」

「学生時代に問題を起こしたことやお兄様のことは伺っていますが、今の賢人さんは仕事もきちんとされていますし、同僚からもとても信頼されています。なによりいつも結果を出そうと人一倍努力しているところを何度も見ました。私のことをお調べになったというのなら、賢人さんの仕事ぶりや社内での評判もご存じですよね？」

涼音の言葉に社長がわずかに狼狽えた様子を見せる。賢人ではなく涼音に反論されるとは思っていなかったのだろう。

「なぜ彼が努力をしているかわかりますか？　あなたに認めて欲しいからです。本当にあなたと縁を切りたかったらミモザで働く必要もないし、大人なんですから自分の意志で好きなところで自由にできるんですよ。でも彼はあなたと会社を選んだ。それなのに亡くなったお兄様と比べて彼を貶《おとし》める必要がありますか？」

涼音は一旦言葉を切ると、隣で目を見開いている賢人を見つめた。

「若輩者が生意気だとおっしゃるかもしれませんが、彼の直属の上司として彼は立派な社長になるとお約束します。私を気に入らないのは結構ですが、彼はたったひとりの息子さんですよね？　こんなふうに拗《こじ》れてしまっていいんですか？　一度目線を変えてお話になってみてくれませんか」

すべてを言い終えたとたん、我ながら社長相手に大変なことをしてしまったと、ドッと冷や汗が出てきた。

まさか今すぐクビを言い渡されるとは思わないが、間違いなくリストラ対象を匂わす閑職に異動させられ、自主退職に追い込まれる可能性もある。

零れてしまった水を戻したいとは思わないが、もっと当たり障りのない言葉もあったはずなのに、つい熱くなってしまうこの性格が恨めしい。

言いたいことを言ってしまうと冷静な部分が戻ってきて、自分がしでかしてしまったことの責任の大きさに泣きたくなった。

「あの……生意気なことを申し上げてすみませんでした！」

社長に向かって深々と頭を下げると、居たたまれなくなった涼音は身を翻す。賢人を擁護したかったはずなのに、社長の気持ちを宥めるどころかお説教めいたことを言ってしまうなんて最低だ。

「待ってください、野上さん」

部屋を出て行こうとした涼音は思い掛けず静かに名前を呼ばれ、扉に手をかけたまま声の主を振り返った。

「あなたは……こいつに見込みがあるとおっしゃるんですね？」

「もちろんです」

涼音は少しでも信用して欲しくて、自信たっぷりに聞こえることを期待してはっきりとそう答えた。

「だが、私は何度もこいつには裏切られていましてね。そう簡単に信じることはできません。これがただの部下なら異動をさせるなり自分の目の届かない場所に行かせることもできますが、血の繋がりがある以上簡単に縁を切れるものでもない。あなたがこいつを信用できるという根拠はなんですか？」

先ほど賢人を怒鳴りつけていた声音よりも落ち着いていて、涼音の意見をきちんと聞こうとしてくれている。賢人の暴力沙汰や長男の事故死などが重なり、関係が壊れてしまっているかもしれないが、きちんと話せばわかってくれるような気がした。

しかし根拠を示せと言われても、プレゼンのように企画やデータを提示することはできない。ただ賢人と一緒に仕事をしてきて感じたという感覚的なものだけだった。

涼音は小さく深呼吸をして自分を落ち着けると、真っ直ぐに社長の顔を見つめた。

「社長が根拠をとおっしゃるのなら、私が責任をとります」

「涼音!?」

「もし社長がこれから賢人さんの仕事ぶりや評判を聞いて少しでも不信感を覚えたとおっしゃるのなら、彼の直属の上司である私が責任をとらせていただきます」

「涼音がそんなことする必要なんかない！　俺が会社を辞めればいいことだ。こんな会社に未練なんてない！」

慌てて口を挟んだ賢人の腕を押さえると、涼音はフッと唇を綻ばせた。

「嘘ばっかり。私と同じで仕事人間のくせに。新商品のアイディアを提案するときとか、他社の新しい商品を見たときも、この仕事が楽しくて仕方がないって顔するじゃない。そういう人が私たちの上に立って会社を引っぱっていって欲しい」

「涼音……」

「どうしてこいつにそこまで肩入れするんです？　恋人のひいき目じゃないんですか？」

「べ、別にそんなんじゃ……」

恋人という言葉に急に恥ずかしさを感じて、涼音は頬をうっすらと赤く染めた。

「な、何度も申し上げていますが、私は彼のことを部下として心から信頼していますし、そんな賢人さんだから好きなんです。あ、いえ、す、好きというのは部下としてというか、同じ仕事を手がける同志としてというか」

もう自分がなにを言っているのかもわからなくなっていた。これではいくら自分の進退をかけても信用できないと言われても文句は言えない。

「と、とにかく一度賢人さんを一社員として客観的に見てあげてください。お願いします」

涼音は再び深々と頭を下げると、今度は返事も待たずに部屋を飛びだした。

「ああっ！　バカバカバカ～なにやってんのよ！」

静かなクラシックが流れる店内を早足で通り抜ける涼音の唇から心の声が漏れる。

恋人でも、ましてや本当の妻でもないのに親子の問題に口を出すなんて、自分はなにをやっているのだろう。

社長相手にあんな大演説をするなんて、やはり進退伺いをしなければいけないのだろうか。というか、責任をとって会社を辞めてもいいと言い切ってしまった気がする。そう思いながらエレベーターの前で立ち止まったときだった。

「涼音！」

追いかけてきた賢人に手首を摑まれ、涼音は思わずその手を力一杯振り払った。

「触らないで‼」

自分でも想像していなかったぴしゃりという小気味いい音に、ふたりは目を見開いてお互いを見つめた。

賢人に触れられた瞬間、彼が自分に隠し事をし続けていたという先ほどのショックが涼音の中に生々しい傷のように鮮やかに蘇《よみがえ》ったのだ。

先ほどは社長のあまりにも理不尽な言葉から賢人を守りたい一心だったが、今は男性として賢人を信じられない。それがとっさに手を振り払うという態度に出てしまった。

「……涼音？」

そう呟いた賢人は、なぜ手を振り払われたのかわからないという顔だ。彼には今涼音が味わっている喪失感などわからないのだろう。

「……社長の息子だったのね。どうして今まで黙ってたの？」

なんとか絞り出した言葉に賢人は困ったように肩を竦める。

「それは……言うタイミングを逃したっていうか」

「そもそも言う気があったの？　本当は私が先輩風吹かせてあれこれ言うのを面白がってたんでしょ。私と入籍したのだって、お父様をわざと怒らせたかったからなのね。よかったわね、目的が果たせて」

涼音は賢人に背を向けてエレベーターのボタンを押す。もうこれ以上彼の顔を見ていたくない。とにかく彼のいないどこかへ行きたかった。

「待ってよ。涼音を騙《だま》す気なんてなかった。ただ俺を社長の息子っていう肩書きなしで好きになって欲しかっただけだ。涼音と結婚したいと思ったのは本当で、親父《おやじ》への当てつけで入籍するわけないだろ」

「それは今だから言えるいいわけでしょ。後藤くんが自分の中で考えていただけで、私がどう思うかなんて考えてなかったって聞こえる」

「それは」

賢人は困ったように言葉を濁し、そのまま黙り込んでしまう。涼音はプイッと顔を背けて、ちょうど扉の開いたエレベーターに乗り込んだ。

「涼音、待って！」

「来ないで！」

涼音は前に腕を突き出し、続いて乗り込んでこようとする賢人を制止した。

「こんな大きな隠し事をしてるのに本当に夫婦になれると思った？　もう後藤くんのことは信じられない。私、信用できない人とはこれ以上一緒にいられない。結婚は解消してください」

「そんな！　父に言ってくれたことは嘘なの？」

「私が嘘をついたか本当の気持ちを言ったかもわからないんでしょ」

涼音はエレベーターの閉じるのボタンを押したが、賢人はその場に立ち尽くし追ってこようとはしなかった。

「さよなら」

涼音の小さな呟きと共に扉が閉まる。

今にも涙が零れてしまいそうで、必死で瞬《まばた》きを繰り返す。さすがにこんなところで泣いてはいけないという分別はまだ残っているらしい。

それでも我慢できたのはタクシーに乗り込むまでで、運転手に行き先を告げたとたん涙がドッと溢れてきて、慌ててドアにもたれるようにして涙を隠した。

バッグの中からハンカチを取り出そうとして、左手に光っている指輪に気づく。

なんなら勢いで指輪も突き返してやればよかった。そう考えただけでさらに涙が溢れてきて、涼音は慌ててハンカチを目に押し当てた。

涙の原因はわかっている。自分が賢人に裏切られて傷ついたと感じてしまうほど、彼のことを好きになっていたからだ。

最初は結婚なんて煩わしい、早く婚姻関係を解消したいと思っていた。そのあとはプロジェクトの間だけでも彼と結婚していることにすれば、あれこれ言われなくて済むと考えた。

彼を利用しているような罪悪感すら覚えたのに、実は自分の方が彼に利用されていたのだ。なにも知らなかった自分がバカみたいに思えて、涙は止めどなく流れ続ける。

数時間前宝飾店で指輪をもらったときに感じた気持ちは、間違いなく喜びだった。これまでほとんど男性と付き合ったことがなかったし、普通の恋愛とは違う関係だったから感情がよく見えていなかったけれど、あのときの自分の気持ちは賢人に向けられていたとわかる。

なにも知らないまま、彼ら親子の確執になど気づかなかったら、自分は賢人との関係を続けていただろう。

でもすべてが明らかになってしまった今、自分には彼を許すことはできないと思った。好きな人に裏切られるのがこんなに苦しくて辛いことだとは思わなかった。恋愛指南本にはそんなこと書かれていなかったし、なにひとつマニュアル通りになんて進まない。

こんなにも苦しいのなら、もう誰も信用したくない。そして自分は二度と誰かを好きになったりしないだろうと思った。

8

その週末は涼音の人生の中で一番苦しくて一番惨めな時間だった。

賢人から何度も電話やメッセージがきていたけれど、応じるつもりのない涼音はその一切を無視し続けた。

彼にもらった指輪はジュエリーケースの中に入れてドレッサーの上に置いてあったが、あれを彼に返すために一度は会わなければならないと思うと、それだけで気が重くなる。

というかこうなってしまった以上、諏訪が言っていたように早くどちらかが異動になればオフィスで顔を合わせる必要もないのにとすら思ってしまう。

週が明けた月曜日、涼音は人生で初めて、朝目覚めて会社に行きたくないと思った。

賢人には貧乏クジ体質だのなんだの散々言われたが、基本は仕事が好きだからあれこれ案件を抱えることを厭《いと》わなかった。こんなふうにいっそ会社がなくなってしまえばいいのにと思ったのは初めてだ。

最寄りの地下鉄の駅からオフィスに向かう足取りも重くノロノロと歩いていると、ポンと肩を叩かれ、涼音は驚いて悲鳴をあげて立ち止まった。

「きゃっ!!」

振り返ると涼音の悲鳴に目を丸くした茉莉が立っていた。

「ご、ごめんなさい……そんなにびっくりすると思わなくて」

「こっちこそ、ごめん。ちょっと考えごとしてたから」

まさか賢人と会うのが嫌でビクビクしていたとは言えず適当ないいわけを口にした。

「そうですよね。今週プロジェクトのプレゼンですもんね！　チームのことは私たちに任せて、先輩はプロジェクトの方頑張ってくださいね」

隣に並んで歩き出した茉莉が、ふと首を傾げて涼音の顔を覗き込んだ。

「あれ？　先輩、なんか目が腫れてません？　むくんでるっていうか……」

週末散々泣いてひどい顔をしていることに気づき昨夜慌てて冷やしたのだが、やはりまだむくみが残っているらしい。

「あ～昨日、プロジェクトのこと考えてたらあんまり眠れなくて」

「だから今日は遅かったんだ～いつもならこの時間に会いませんもんね」

茉莉が納得顔でうんうんと頷いた。

「でもあんまり無理しないでくださいね。新婚なんだし、プライベートも大事にしないと後藤くんが泣いちゃいますよ」

「……」

「いつ頃から一緒に住むんですか？　新居には私も招待してくださいね！」

「そ、そうだね」

さすがに本当のことは言えず、曖昧に頷いた。

ただでさえ嘘を並べ立てた入籍報告なのに、長引けば長引くほどみんなに嘘をつき続けることになる。特に茉莉は一番懐いてくれている後輩だから、嘘をつきたくない。

今はまだ心の整理ができていないから無理だが、茉莉には早いうちに事情を知らせておいた方がいいかもしれない。

「もう部屋は探してるんですか？　やっぱり共働きなら会社に近い方がいいですよね～」

隣であれこれと話す茉莉の言葉はほとんど頭に入ってこなかったが、涼音は適当に相槌《あいづち》を打ってやり過ごしした。

茉莉とオフィスに入っていくと賢人はすでに出社していて、涼音を見つけるといつもと変わらぬ爽やかな笑顔で挨拶してきた。

「おはようございます。先輩、今朝は遅いんですね」

「後藤くんもそう思ったでしょ。先輩、昨日はプロジェクトのことを考えて眠れなかったんだって」

涼音に変わって茉莉がすかさず答えてくれたおかげで、涼音は挨拶を返すだけでよかった。

「……おはよう」

いつもなら朝からその爽やかな笑顔を見たら気分よく仕事ができるのに、今日は爽やかすぎて腹が立ってくる。

自分は週末あんなに泣いて辛かったのに、なにもなかったという顔だ。

チラリと見た限り賢人の指にあのペアリングはない。それは離婚することに同意したと思っていいのだろうか。

もちろん自分から話しかける気になどならなかったから、その日はモヤモヤしたまま過ごすしかなかった。

このまま避け続けてもすべてが元通りになるわけではないとわかっていたが、もう少し客観的になれるまでは時間が欲しかった。

しかし彼はそうではなかったようで、営業部に打ち合わせに行った帰りに、待ち伏せをしていた賢人と遭遇してしまった。

ビル内の移動はほとんどの人がエレベーターを使うが、涼音は日頃の運動不足解消のためひとりなら階段を使うことが多い。一時期ジムに通っていたこともあるが、思いついたようにトレーニングをするより毎日の階段利用の方が地味に効果があるのだ。

賢人はもちろんそれを知っているから、涼音が営業部に呼び出されたのを聞いていて待っていたのだろう。

「涼音」

上りかけた階段で足を止めて見上げると、賢人が非常扉にもたれて立っているのが見えた。

「……」

扉の前に立っているのは、涼音を通さないようにするためだろう。涼音はさらに上の階の扉まで行こうと賢人の前を通り過ぎる。しかしそれよりも早く目の前に腕が突き出され行く手を阻まれてしまった。

「……っ」

引き返そうとするけれど今度は手首を摑まれて、それ以上はどうすることもできなくなってしまう。

「離して」

自分でも驚くぐらい冷ややかな声に、賢人はあっさり手首を離し涼音に向かって両手を挙げた。強引なことはしないという意思表示らしい。

「涼音を困らせたいわけじゃないから逃げないで欲しい」

「……会社でこの前のこと話したくないから」

「うん。わかってる。でも涼音電話にも出てくれないし、今朝もふたりで話せるかと思って早く来たんだけど、時間が合わなかったから」

「……」

どうして話をしたくないのかぐらい察してくれていいはずだ。いつもこちらが口にするよりも早く先回りしてくれる人なのだから。

「俺たちの関係なんだけど、プロジェクトのめどが立つまでこのままの方がいいと思うんだ。ついこの間結婚したのに離婚しましたじゃ社内で色々噂されるだろうし、他部署の人と仕事する涼音はやりにくいだろ」

衝動的に別れを告げたが、確かに今離婚を発表すればまた渦中の人となり、あれこれ噂されるだろう。門脇や諏訪はソッとしておいてくれるだろうが、その分宮内辺りが大声で言いふらすに決まっている。

もともとプロジェクトの間あれこれ言われないようにするために始まった関係なのだ。

「涼音の仕事の邪魔はしたくないから」

「……」

「俺を利用してよ。涼音をたくさん傷つけたんだから、せめて仕事の足は引っぱりたくない」

つまり賢人は離婚に同意するということだ。それを理解したとたん、涼音は全身から力が抜けていくのを感じた。

賢人は自分のことを好きなのだと思える出来事がたくさんあったのに、結局こうしてあっさりと引き下がれる程度のことだったのだ。自分は少なくとも週末泣いただけでは吹っ切れないぐらいに賢人のことを好きになっていたのに。

正直、賢人のことだからいつものように言葉巧みに説得にかかると思っていた。もしそうされたら断り切れない気がして賢人に会いたくなかったのだが、どうやら自分の独りよがりだったらしい。

「涼音?」

気遣うように声をかけられても、もうそれは涼音の好きな賢人の優しさではない。もともと別れたかったのだから、喜んで受け入れればいい。賢人はせっかく利用しろというのだから、せいぜい出世の踏み台になってもらおう。

最初から自分と賢人はそうなる運命だったのだ。落胆する必要なんかない。涼音は必死に自分で自分にそう言いきかせた。

「あの、プロジェクトはあと二週間ぐらいで落ち着くから、それまで……そうしてくれると、助かるけど」

おずおずとそう切り出すと、賢人はあっさりと頷いた。

「よかった。じゃあ会社ではみんなにおかしく思われない程度に話しかけるけど我慢して。もうお祝いムードも落ち着いてるからあれこれ言われることもないだろうけど、あんまりしつこい人がいたら教えて？　俺が相手するから」

　まるで用意してあった台詞のように事務的な言い方が冷たく聞こえる。賢人はこんな話し方をする人だっただろうか。

　涼音は別れるというのは、こんなにもあっさりとしていて簡単なものなのだと思いながら頷いた。

「……うん」

「じゃあ、俺が先に戻るから」

「ま、待って」

　賢人が非常扉を押すのを見て、涼音はとっさに口を開いた。なぜ声をかけたのかは自分でもよくわからなかった。

　賢人があまりにもあっさりしすぎていて、これで終わりだなんて信じられなかったからかもしれない。

「どうした？」

　振り返った賢人の眉間にはさざ波のような小さな皺が寄せられている。これは彼が心配してくれているときの顔だと感じて、少しだけホッとする。

「あ……あのさ、指輪どうすればいい？　今日は家に置いてきたけど、明日にでも後藤くんの机に返しておくけど」

「嫌じゃなかったら涼音が持っててくれないかな」

予想外の言葉に、涼音は目を丸くする。

「え？　でも」

「あれは涼音のために選んだものだから。迷惑かけた慰謝料代わりっていうか」

「だったら結婚を迫って入籍させた私だって慰謝料を払わなきゃいけないと思うけど」

涼音がこの騒動の発端が自分であることを思い出し顔を顰めると、賢人が噴き出した。

「ははは。確かにそうなるね」

別れ話の最中だというのに、突発的に目にした賢人の笑顔が眩しい。いつから彼の笑顔をこんなふうに感じていたのだろう。

「そうだ、プロジェクトが落ち着いたら一度はふたりで会わなきゃいけないだろうから、どうしてもいらなかったらそのときに返してくれる？」

ふたりきりになりたくないが、離婚の手続きがあるから賢人の言う通り一度は会う必要がある。そのときに返せるのなら安心だ。それにあんな高価なものを理由もなく受け取ることなんてできない。

「わかった。じゃあそれまで私が預かっておくね」

涼音は唇に力ない笑みを浮かべて賢人を見つめた。すると賢人はなにを思ったのかスッと片手をあげて、指の背で撫でるようにして涼音の頬に触れた。

「目が腫れてる。俺のせいだね」

指が触れたのはほんの一瞬なのに賢人の体温が確かに伝わってきて、涼音は慌てて顔を背けた。

「……っ」

「もう俺がなにを言っても信じてくれないと思うけど、涼音を泣かせるつもりなんてなかった。本当にごめんね」

「……」

「じゃ」

賢人が小さな声で呟いて、涼音が俯いているうちに扉が閉まる音が響いた。

「……っ」

人気のなくなった非常階段がシンと静まりかえる。急に喪失感が襲ってきてひとりでは立っていられない。涼音は階段の手すりに倒れ込むと、そのままズルズルとその場に頽れた。

＊＊＊　＊＊＊　＊＊＊

「よし！　じゃあ会議に行ってきます。みんな、あとよろしくね！」

涼音はプレゼンのデータが入ったノートパソコンと配布用の資料を抱えると、気合いを入れて立ち上がった。

プロジェクトメンバーへの説明はすでに済んでいて、門脇や諏訪にアドバイスをもらいさらにブラッシュアップしたものをこれから幹部向けに最終プレゼンすることになっていた。

「先輩、頑張ってください！」

茉莉が立ち上がって拳を握りしめる。資料作りをサポートしてくれたから、茉莉自身も気合いが入っているのだろう。

「茉莉ちゃんも資料のコピーとかレジュメとか作ってくれてありがとね。すごく助かった」

「とんでもないです。それより私も先輩のプレゼン見たかったです～」

「今回は幹部向けだからね。それにそろそろ茉莉ちゃんも自分の企画通してプレゼンしないと」

「そうなんですけど、その企画がなかなか通らないんですよ～」

「大丈夫よ。私なんて最初広報から異動してきたときは企画書の書き方もわからなかったんだから」

今思えば突然の異動で開発部に来たが、結果的には自分にとても合っている部署だと思う。もし本当に宮内のせいで異動をさせられたのなら、唯一彼に感謝できることだった。

「じゃあ行ってきます」

もう一度チームに声をかけてオフィスを出ようとして、入ってきた人物とぶつかりそうになり慌てて踏みとどまる。

「あ」

「おっと！」

抱えていた書類をばらまきそうになり、伸びてきた腕がそれを押さえる。

「すみません」

そう言って涼音の手から書類を取り上げたのは賢人だった。

「ご、ごめん」

賢人とこんなに物理的に近づくのは非常階段での会話以来で、涼音は慌てて後ずさる。

「これからプレゼンですか？」

「うん」

「これ重いですね。俺が運びましょうか」

涼音は慌てて首を横に振る。

「平気。ひとりで運べるから、後藤くんは仕事に戻って」

気遣いは嬉しいけれど、今さら彼とふたりになっても気まずいだけだ。

賢人も涼音の気持ちに気づいたのか、書類を丁寧にまとめてからノートパソコンの上に重ねてくれる。

「先輩、頑張ってくださいね」

以前なら可愛いとすら感じていた笑顔で見下ろされ鼓動が速くなる。ここ数日で少し賢人への気持ちが整理できたと思っていたのに、間近で笑いかけられるとまだ動揺してしまう自分がいる。

「……っ」

賢人の笑顔が胸に痛い。普通の同僚に戻りたいのに、もう戻れないかもしれないという不安がよぎる。

「ありがと」

涼音は賢人の目を見ずに早口でそう言うと、彼の横をサッとすり抜けた。

賢人とはここ何日か事務的なことしか話していない。というかお互いなるべく接触を避けていた。

一度あまりにも事務的な様子が気になったらしく茉莉に不審がられたが、公私混同はしない主義だと言ったらなぜかあっさり納得されてしまった。

入籍してからは同居こそしていないが毎晩電話で話をしていたし、週末はいつも一緒だった。賢人のために買った箸や茶碗が見たくないので、キッチンは極力使わない。

気晴らしに見るテレビのバラエティで笑えるようになったからもう大丈夫だと思ってい

たのに、顔を見たとたんあっさり賢人に別れを告げたときの胸の痛みが戻ってきた。

いっそこのプロジェクトが終わったらしばらく休みを取るのはどうだろうか。

幸いミモザでは有給とは別に、リフレッシュ休暇として年に一週間ほどまとめて休みを取る決まりがある。

人によっては有給休暇と組み合わせて海外旅行に行ったり、そのタイミングで資格を取ったりする人もいて、ビジネス誌でも注目して取り上げられたことがある。

今年は記念商品プロジェクトや賢人のことでゴタゴタしていたから考える余裕がなかったが、休暇を取って南の島に行くのはどうだろう。

国内の鄙《ひな》びた温泉に長逗留《ながとうりゅう》も悪くないが、女ひとり旅だとあれこれ詮索されそうで面倒くさい。それなら少し奮発してなんでも揃っている海外のリゾートホテルでのんびりした方が気楽だ。

このプレゼンがうまくいったら早速部長に休暇を申請しよう。もともとひとりでなんでもやってこられたのだから自分はこれからも大丈夫だ。

涼音は休暇のことを考えたら少しだけ気持ちがあがった気がして、先ほどよりも軽い足取りで会議室に足を向けた。

緊張していたわりにプレゼンの評判は上々で、各部門の部長や重役の前で発表した涼音の企画はその場で採用が決まった。

重役たちの中に社長の姿を見つけたときは、正直このプレゼンは失敗すると思ってしまった。

つい先日初対面なのにあれだけ言いたい放題言われて怒っていないはずがない。というか、てっきりもっと早いうちにお咎《とが》めがあると思っていたのに、なにも言われないままなのも不思議だった。

出て行く重役たちやプロジェクトメンバーたちからねぎらいの言葉をかけられ、会議室の後片付けをしていると、宮内がめずらしくニコニコしながら近づいてきた。

「野上くん、おめでとう。やっぱり諏訪さんや門脇くんのアドバイスが入っているだけあって、君の企画とは思えないぐらいいいプレゼンだったよ」

「……恐れ入ります」

ニコニコしているなんてなんの風の吹き回しかと思ったが、口にしたのはいつもの嫌味だ。涼音は内心舌を出しながら頭を下げた。

「それでね、宣伝以外にもサンプルの社内モニターアンケートを広報部が担当することになってるだろ。早速その辺の内容について詰めたいんだけど時間取れる？」

「はい。早い方がよろしいのでしたらこれからでも」

「あ、いや。僕の方が忙しいから……そうだな、今夜外で会おうか」

二年前のことを思い出して、涼音は一瞬言葉を失う。それから慌てて笑みを浮かべた。

「それは……ちょっと」

今度はなにを仕掛けてくるつもりだろう。まさかここまで進んだプロジェクトを失敗させるつもりはないだろうが、なにか意図があるはずだ。

「そうかそうか。野上くんは結婚したんだったっけね〜忘れてたよ。じゃあ残業になって申し訳ないけど僕の方が終わったらこちらから君のところに行くから」

「よろしいんですか？」

「いいよ、いいよ。プロジェクトの立役者の君に僕のところまでご足労いただくなんてとてもとても」

声の調子こそ棘《とげ》はないが、内容はいつも通り嫌味たっぷりだ。というか、こういう人の奥さんはどんな人なのだろうと心配になる。毎日この調子で嫌味を言われていたら、自分だったら精神を病んでしまいそうだ。

一応涼音が人妻だという認識はあるからこれ以上ごり押ししないようだが、以前トラブルになったときは仕事の話だからと言われ断り切れず飲みに行って関係を迫られたのだ。

これで賢人と別れることを知ったらまたあることないこと言われるだろうが、今日のところはよかったと思うしかない。

自分のオフィスに戻ると、他のメンバーから漏れたのかすでにプロジェクトが採用された話が伝わっていて、上司も同僚たちもお祝いムードで出迎えてくれた。

「先輩、おめでとうございます！」

「お疲れさまでした！」

わっと涼音を取り囲んだ同僚の中に賢人の姿はない。すると先回りしたように茉莉が言った。

「後藤くんならメーキャップショーの打ち合わせですよ」

「ああ」

近々賢人の企画でオンラインのメーキャップショーと講座を開くことになっていて、初めて彼が責任者を務める仕事だった。茉莉に教えられて初めて、賢人も自分の仕事を抱えていたのだと気づく。

賢人も自分の企画が忙しかったのに、ずっと涼音のプロジェクトの心配ばかりしてくれていた。本当の夫婦なら、共働きなのだから相手の仕事にも気を遣って労《いたわ》ってあげなければいけなかったのに。いつの間にか彼にすっかり甘えていたことが恥ずかしくなる。

落ち着いたら上司としてちゃんと彼の頑張りを労《ねぎら》ってやりたい。ふとそんなことを考えていた涼音の腕を茉莉が引いた。

「ね、先輩！　お祝いに飲みに行きましょうよ～今日は金曜日だから少しぐらい羽目を外しませんか！」

「うーん、そうしたいのはやまやまなんだけど、まだ広報との打ち合わせが残ってるのよ。それに週末なら、茉莉ちゃん名古屋に行くんじゃないの？」

「ああ、先輩忙しかったんで報告し忘れてたんですけど、アイツとは別れました！　先輩のアドバイス通り話してみたんですけど、反応見てたらやっぱこいつダメだなって思って、私から切りました。こんな男に私の貴重な時間を使うのはもったいないなって。もうそういうのとか、話したいことがいっぱい溜まってるんですよぉ！　打ち合わせ終わるまで待ってますから飲みましょうよ～」

そう叫ぶ茉莉はあっけらかんとしていて、別れたという割には悲愴《ひそう》感がないのが救いだ。いまだに賢人との別れを引きずっている自分とは大違いだ。というか、茉莉は涼音のお祝いにかこつけて、自分のことを話す気満々だったらしい。

「猪狩さん、新婚夫婦の邪魔しちゃダメだよ～今日は夫婦でお祝いするんだろうから」

「そうだよ。野上さんここのところ忙しかったし、後藤くんも自分の企画抱えてて夫婦でゆっくりできなかったんだろうから」

同僚たちの言葉に茉莉が渋々頷くのを横目に、賢人の戻りの時間を知りたくてホワイトボードを見たが、行き先しか書き込まれていない。

メーキャップショーの開催は再来週で、もう準備も追い込みに入っているはずで、あちこち回るところがあるのかもしれない。

改めてここのところ自分のことばかりで、彼も大きな仕事を抱えているなど考えもしなかった自分に恥ずかしくなった。

「じゃあ来週お祝いの飲み会しますから、その日は絶対付き合ってくださいね」

「ありがとう。楽しみにしてる」

企画が採用されたと言ってもこれからやることも多い上に、プロジェクトの準備で人任せにした仕事や涼音のところで滞っていた日常業務を黙々と処理しているうちに、その日はあっという間に退社の時間になっていた。

気づくと時間は定時から一時間以上過ぎていて、開発部のフロアには人の気配がない。宮内が一向に姿を見せる気配がないことに涼音は溜息を漏らした。

そもそも早く帰ることが推奨されている金曜日に残業をしてまで急ぐほどタイトなスケジュールではないはずだ。それでなくてもここのところ残業が多くなっていて、後輩たちに示しがつかないことになっている。

まさか涼音を待たせておいて、自分はさっさと帰ってしまっているという新手の嫌がらせだろうか。

心配になった涼音が内線から広報に連絡を入れようか迷っているところに、やっと宮内が姿を見せた。

「お待たせ」

宮内は軽く手をあげただけで、悪びれた様子もない。

詫びの言葉すら口にしない横柄さにさすがの涼音もムッとしたが、なるべく宮内と関わりたくないという気持ちの方が勝っていたので、すぐにオフィス内の打ち合わせスペースに案内した。

来客用ではなく部内でちょっとした打ち合わせで使うオープンスペースで、ソファーもあり広いし間仕切りもないから、彼とふたりきりという気詰まりも少しは和らぐ。

「ふーん。開発部って暇なんだね～もう誰もいないなんて。僕の部下たちはまだ仕事してるけど」

オフィス内を見回しながら、宮内がねちっこい口調で言った。

「今日はノー残業デーですからね。開発は残業が多いって総務に注意されるので、こういう日ぐらいは早く帰らないと」

「それって広報が会社の決まりを破って残業してるって言いたいのかな。ひらめきだけで乗り切れる開発とは違って、広報は細々とした事務処理も多いんだよね」

「べ、別にそういう意味じゃ……」

宮内の嫌味っぽい口調にしまったと思ったが、取り繕っても嫌味を言われるだけだろう。

涼音は内心、広報の社員がこの時間に残っているのなら、それは上司の宮内のせいではないかと言いたかった。きっと部下たちが自分より先に退勤しないように圧をかけているのだ。

涼音が彼の下にいたときも、定時に退勤するなんて社会人として有り得ないと言われたことがある。そう思いながら向かい側に腰を下ろすと、宮内が人差し指で机の上をトントンと叩いた。

「コーヒー」

「……は?」

「おもてなしもできないの? 目上の人間がわざわざ足を運んでるんだから飲み物ぐらい出すのが常識でしょ?」

そんなことも気づかないのかと睨まれ、涼音は慌てて立ち上がる。

「す、すみません」

「あーもういいよ。君、僕の下にいたときから気が利かなかったもんね」

顔の前で手を振られて、涼音はもう一度腰を下ろした。

「……申し訳ありません」

どうしてこんなことで頭を下げなければいけないのだと理不尽さに腹が立つ。しかも企画の打ち合わせに来たのに、彼の手にはすでに配布済みの資料はなく手帳しか持ってきていない。

涼音は彼の尊大な態度にうんざりしながら予備の企画書を差し出した。

「えーと、今回の企画書のコピーです。よろしければどうぞ」

「うん」

「では今回の広報でお願いしたいことを改めて説明させていただきます」

宮内は涼音が改めて広報との連携部分を説明している間中うわの空という感じで、別になにか意見を言うでも質問をするわけでもない。

こっちだって貴重な時間を割いているのにいくらなんでも態度が悪いのではないだろうかと苛立っていると、やっと宮内が口を開いた。

「この企画、門脇くんたちにアドバイスもらったんでしょ」

「はい」

「僕にはつれない態度取ったくせに、門脇にはいい顔するんだねぇ。見返りになにしてあげたの？　ふたりで飲みに行った？　それとも一回ぐらい寝てあげたの？」

「……なっ！」

あまりにも失礼な発言に、さすがの涼音も平静ではいられず唇を引き結び宮内を睨みつけた。

これまで何度となく嫌味を言われても我慢してきたが、ここまで直接侮辱的な言葉をぶつけられたのは初めてだった。

そもそも涼音が誰とでも寝るという噂を流したのは宮内であることはほぼ間違いない。そのおかげで何度迷惑を被ったかわからないのに、噂の元である本人にここまで言われては黙っているわけにいかなかった。

いつもなら嫌で仕方がなかったが、今はふたりきりであることも話をしやすい。この際だからおかしな噂を流さないように釘《くぎ》を刺しておいた方がいい。

「宮内さん。もうそういうことはおっしゃらないでいただけますか。門脇さんも宮内さんも結婚されていらっしゃいますし、今の発言は不適切だと思います」

「どこが不適切なの。ホントのことだろ」

「私の男性に関する噂を流されているのって宮内さんですよね？　とても迷惑しているのでやめていただけませんか？」

「僕が言ったっていう証拠があるの？」

「それは」

涼音は言いよどむ。確かに証拠はないが、これまでのいきさつと状況からして宮内以外こんな噂を流す人はいないのだ。というか、ここまで散々嫌味を言ってきたのに、自分ではないと言い張るつもりなのだろうか。

「だいたい君は昔から生意気なんだよ。女のくせに男と同じように仕事できる顔して、自分が会社の体裁のために女性管理職候補として優遇されてるだけなのも知らないで、いっぱしに仕事ができる顔をしてさぁ」

　女性管理職の話は入社当時から散々聞かされているが、それは女性社員ならみんな言われていることだ。そして涼音はそれが正直嬉しくなかった。

　要するに女性でも頑張れば出世させてやると見下されている気がするし、目の前にニンジンをぶら下げられた馬の気分とでも言えばいいのだろうか。

　ユーザーの大半が女性という会社なのに、わざわざ女性管理職と呼ぶ時点で、差別というか区別をしている。多分そのことが問題にならないのはトップが男性だからだ。

「私は別に管理職を目指しているわけじゃありません。もちろん会社の売り上げに貢献したいと思って仕事をしていますが、女を武器にするとか男性にこびを売っているつもりはありませんから」

「そりゃ女性は結婚すればすべてがリセットされるんだから、出世にしがみつかなくたっていいよね。君はそっちに方向転換して御曹司を捕まえたんだろ。仕事より男を誘惑する方が得意じゃないか」

「な!!」

　宮内が女性に偏見を持ち見下していると知ってはいたけれど、ここまでひどいとは思わなかった。

　賢人のことまで持ち出されて、これ以上彼に礼儀正しく接するなどできない。涼音は怒りを浮かべて宮内を睨みつけた。

「宮内さん、今の発言を今すぐ撤回して謝罪をしてください。そうでなければ私はあなたの発言を上司に告発します」

「なんて言うの？　僕に虐められたって？　証拠がないだろ、証拠が」

「それはコンプライアンス課が調べてくれます。広報やこれまでの宮内さんの部下の方にヒアリングすれば、きっと同じことを言う人が出てくるんじゃないですか？　それに門脇さんや諏訪さんも私が宮内さんに目の敵にされているのをご存じですから、証言してくれると思いますよ」

「……っ」

ずっと余裕の態度を崩さなかった宮内だが、コンプライアンス課の名前を出したとたん初めて顔色を変え、小さく息を飲む気配を感じた。

「ふん。将来の社長夫人ともなると随分歯《は》に衣着《きぬき》せぬことも言えるようになったじゃないか。だいたい、今の君があるのは僕のおかげなんじゃないかな？　僕が君を異動させなければ企画が採用されることもなかったし、今の地位だってなかっただろう？」

なんとかマウントをとろうとしている宮内の言葉に、涼音は応じないという態度で唇を引き結ぶ。

「それに誰も君の味方をしないっていうことは考えないのか？　君と僕とどちらが会社に

とって価値があると思うんだ」

宮内のその言葉にドキリとする。

つい先日賢人の父親に向かって偉そうに説教をしてしまった。社長は涼音を追い出すチャンスを狙っていて、宮内と揉めているのを知ったら、彼の味方をするかもしれない。

「まあ君が心を入れ替えて僕の言うことを聞くって言うなら考えてあげなくもないけど」

涼音の動揺を素早く読み取った宮内が猫なで声を出す。

「は？」

「企画のことに決まってるだろ。言っておくけど商品が売れるのは僕たち広報が頑張って宣伝してあげてるからだ。君のお遊びみたいな企画でも僕らの力があればそこそこいいところまで行くと思うんだけどね。まあ君次第だよ」

「それは……この企画が成功するのも失敗するのも自分次第だとおっしゃっているんでしょうか」

眉を顰める涼音に向かって、宮内は自信たっぷりに言った。

「当たり前だ。いくら次期社長の妻だからって、仕事で失敗したら会社にも居づらくなるだろうし、嫁としての立場がないんじゃないのか？」

宮内はむちゃくちゃな理由を並べ立てる。実際彼にそんなことができるとは思わないが、またあることないことを並べ立てて涼音の立場を悪くするぐらいのことはやってのけるだろう。

しかし絶対に彼の言葉を受け入れることはできない。それぐらいなら宮内と派手に揉めてから責任をとってやめた方がマシだ。

「お断りします。私は今回の企画に自信を持って提案していますし、宮内さんには他の企画と同じように扱っていただきたいです」

涼音がはっきりと言い返すと、宮内は不快げに鼻筋に皺を寄せた。

「大きく出るね。自分の企画にそんなに自信があるのか？　ああ、でもやり手の君のことだから今回の企画も御曹司から役員に手を回してあったんじゃないのか？　君のようななんの取り柄もない女の企画があんなに絶賛されるなんておかしいだろう！」

突然宮内の語調が荒々しくなり、テーブル越しに伸ばされた手が乱暴に涼音の手首を摑んだ。

「きゃっ！」

悲鳴をあげてしまうほどの強い力に、涼音は身の危険を感じて腰を浮かせる。

「は、放してください！」

振り払って逃げようとしたが、逆に宮内がテーブルを回り込んで近づいてきた。

「いやっ‼　やめてください！」

「いきがってみてもしょせん女は男には力でも仕事でもかなわないんだ。君は大人しく僕の言うことをきいておけばいいんだ」

手首を掴む手にさらに力がこもる。

このままでは羽交い締めにされそうな勢いに、涼音が大きな声を出そうと息を吸い込んだときだった。

「宮内さん、人の妻に汚い手で触るのはやめてもらえませんか？　妻が穢《けが》れるので」

耳に飛び込んできた聞き知った声が張りつめた空気を一転させる。涼音は声の主を見た瞬間、その場にへたり込みそうになった。

「ご、後藤くん……？」

「後藤⁉　なぜ君がここに？」

予想外の登場に宮内の力がわずかに緩む。

「妻が問題のある元上司と残業をしているというので迎えに来ただけですよ。夫なら当然でしょう？　ほら、涼音こっちにおいで」

賢人の飄々《ひょうひょう》とした言葉を聞き、涼音は宮内の手を振り払って賢人の後ろに逃げ込んだ。

「大丈夫？」

広い背中にしがみつき、安堵のあまり言葉もなくコクコクと何度も頷くことしかできない。

賢人はホッとしたように涼音の頭を撫でると、改めて宮内に向き直った。

「宮内さん、先ほど色々聞き捨てならない発言が聞こえた気がするんですが。なんでもあなたの言うことをきかないとプロジェクトを失敗させるとか、広報の手を抜くとか」

「そ、そんなことを本気で言うわけがないだろう！」

賢人がどこから聞いていたのかはわからないが、涼音と宮内のやりとりを耳にしていたようだ。これでひとりでも宮内の発言の証人ができたことにホッと胸を撫で下ろす。

「その女が生意気なことばかり言うから、少し脅かしてやろうと思っただけだ。うちの部から異動させられて少しはしおらしくなるかと思ったが、相変わらず思い上がったことばかり口にして、自惚れるにもほどがある。君だって本当は女の下で使われていることに納得していないんだろう。彼女は男に媚《こ》びることだけはうまいから、君も騙されているんじゃないのか」

女性蔑視発言満載の言い草に、怒りを通り越して笑い出してしまいそうになる。ここまですごいとなぜ女性向けをメインに扱う化粧品メーカーで働いているのか、理由を尋ねてみたくなるほどだ。

すると宮内が長広舌を振るうのに黙って耳を傾けていた賢人が、明らかにバカにした態度で噴き出した。

「なにがおかしいんだ！」

「だって宮内さん、自分から彼女のことが目障りだから異動させて、今も目の敵にしてい

るって認めちゃってるじゃないですか。今のってかなりの問題発言ですよ」

「なにを……これぐらいのことが問題になるはずがないだろう」

「宮内さん、パワハラとかセクハラって言葉知ってます？　あ、あとモラハラもそうですね。宮内さんの発言は全部に当てはまってますよ。訴えれば彼女の完全勝利になると思いますけど」

　唇にうっすらと不敵な笑みを浮かべた賢人に、宮内は苛立ったように叫んだ。

「目上の人間にバカなことを言うんじゃない‼　君が社長の息子だから、無礼な発言も多めに見てやっているんだぞ！　その女の肩を持つのはいい加減にしておかないと痛い目を見るぞ！」

「そうですか？　じゃあ俺が間違っているのかあなたが間違っているのか確認してみましょう」

「……なんだって？」

　なにを言っているのだろう。賢人はわけがわからないと首を傾げる涼音に向かって微笑むと、スーツのポケットからスマホを取り出した。

「途中からですが、ふたりの会話を録音させてもらいました。もちろん今のご立派な演説もバッチリ録《と》れていますよ。彼女や俺の言い分に納得がいかないみたいですから、一緒に聞きますか？　せっかくだから来週の重役会議の場に持ち込んで白黒つけていただいてもこちらは一向にかまいませんよ」

賢人は自信たっぷりにそう言い切ると、涼音に片目を瞑って見せた。

「録音って……どこから聞いてたの？」

「ん～門脇さんと寝たとか寝ないとかそういう質問をされていた頃かな」

ということは宮内が涼音を脅す発言をした部分も全部録音されているはずだ。宮内もそのことに気づいたのだろう。サッと顔色を変えた。

「わかったぞ！　最初からふたりで僕をはめるつもりだったんだな！」

「それはこっちの台詞だと思いますよ」

賢人がバカにするような口調で肩を竦めると、宮内はこれ以上我慢できないとばかりにテーブルの上の資料を鷲づかみにし、賢人に向かって投げつけた。

幸い紙なので賢人に届くことなく、パッと散らばってヒラヒラとあちこちに落ちていく。

「こんなことをしてただで済むと思っているのか！　僕が本気になれば野上くんなんて」

宮内はそこまで口にして録音されていることを思い出したのか、慌てて口を噤む。

「と、とにかく僕を甘く見ないことだ！　必ず後悔させてやるからな！」

根拠のない虚勢を張る宮内が賢人を押しのけてオフィスを出て行こうとする。その背中に向かって賢人が言った。

「逃げるんですか？　まだ話は終わってませんよ。今後彼女を傷つけるような噂を耳にしたらその噂の主は宮内さんとして、この録音を公開させてもらいますからそのつもりで。それから全社員に向けてセクハラやパワハラについての緊急調査を行うつもりです。その際に女性社員の間から宮内さんの名前が出ないことを祈っていますよ」

「……ッ‼」

振り返った宮内が賢人に憎々しげな視線を向ける。しかしさすがに賢人の脅しに言い返す言葉もなかったらしく小さく悪態をつきながら身を翻して出て行った。

騒ぎの元が去ったオフィスには再び静寂が戻ってきて、どちらからともなくホッと溜息をついた。

「ここまで言ったら、さすがの宮内さんもこれ以上涼音にちょっかいを出してこないと思うけど」

そう言って振り返った賢人の顔を見たとたん気が抜けてしまい、涼音は安堵して膝から崩れ落ちてしまう。その身体を賢人が慌てて抱き留めた。

「涼音⁉」

「ご、ごめん……ホッとしたら力が……」

「とりあえず座ろう」

賢人は涼音の肩を抱くと、ソファーに座らせ自分もその隣に腰を下ろした。

ここ何日か意識して近づかないようにしていたはずなのに、賢人に触れられるのが自然で、彼に肩を抱かれるのがしっくりくるのが不思議だ。

「あ、あの……助けてくれてありがとう」

涼音は俯いたまま小さな声で呟いた。

ここ数日愛想笑いひとつ返さず、可愛げがない態度を貫いていたから気まずくてたまらない。

そんな涼音のおずおずとした態度に気づいたのか、賢人は唇に優しい笑みを浮かべて頷いた。

「企画採用おめでとう」

「え？　どうして？」

涼音はびっくりしてパッと顔を上げる。

プレゼンから戻ったときに賢人は出かけていて、結局そのまま直帰することになっていたはずだ。その賢人がどうやってプレゼンの結果を知り今ここにいるのかが不思議だった。

「なんで知ってるの？」

驚きに目を見張る涼音を見て、賢人が満足げに微笑んだ。

「猪狩さんがソッコーでメッセージで知らせてくれたから」

「あ」

さっきの茉莉の喜び方を見ていれば、その場にいないみんなにメッセージを送っていてもおかしくない。涼音がみんなに囲まれていたから、気を利かせて賢人にも送っていたのだろう。

「そういうことね」

「俺は涼音から直接メッセージもらいたかったけどね」

少し拗ねたように付け足された言葉に、さすがに罪悪感を覚えた。

今回の企画がうまくいったのは賢人のサポートがあったからなのだから、いくら別れ話をしたといっても散々世話になったのだし、お礼も兼ねて自分から連絡をするべきだった。

「……ゴメン」

「てっきりみんなで飲みに行くだろうと思って合流しようとして猪狩さんに連絡したら、広報との打ち合わせでまだオフィスにいるはずだっていうから様子を見に立ち寄ったんだ」

そのおかげで宮内の嫌がらせを回避することができたのだ。手首を摑まれたときのゾッとした感触を思い出して、賢人がきてくれたことに心から感謝する。

「あとで茉莉ちゃんにお礼言わないと」

「俺には？」

まだ拗ねているのか、賢人がふて腐れたような顔をしている。切り替えの早い彼にしてはめずらしいと、涼音は思わず笑みを浮かべた。

「もちろん感謝してるってば。ありがとう」

「どういたしまして」

子どもが褒められたときに喜ぶようなはにかんだ笑みに、涼音は胸がギュッと鷲づかみにされたような気がした。

やっぱり自分は賢人のことが好きだ。今さら自覚しても仕方がないことだが、彼がここにいてくれるのが嬉しくてたまらない。

しかしそれと同時にひとつのソファーに、しかも肩が触れそうな距離で一緒に腰掛けていることが恥ずかしくなる。席を移動しようと慌てて立ち上がった涼音の手を賢人がギュッと摑んだ。

「どこ行くの？」

「え？　いや、あっちに座ろうかなって。だって私たち」

「別れたのに？」

「……」

「だからってあからさまに避けないでよ」

そう言われてしまったら席を移動しづらくなり、結局元の位置に座り直すことになった。

しかも賢人は摑んでいた手首を離すとそのまま手のひらを握りしめてくる。

慌てて振りほどこうとしたけれど逆に指の間に指を差し入れられ、恋人繫ぎでギュッと手を握られてしまった。

「こ、こういうの、よくないと思う」

「どうして？」

「だって……私たちそういう関係じゃないし」

「そうだね。でも涼音はなんだかんだ言いながら今まで俺のこと受け入れてただろ。すぐ流されるんだから、今さら手を繋ぐぐらい平気だろ」

そう言いながら繋いだ手を引き寄せ、涼音の白い手の甲にチュッと唇を押しつけた。

「だ、だから、そういうのがもう嫌なの！」

そう叫ぶと、涼音は力任せに自分の手を引き抜いた。

「涼音？」

「あのね、私、後藤くんみたいに割り切って付き合える性格じゃないの。好きな人に利用されてるなんて耐えられない。だからもう終わりにしたいって言ったのに」

「……は？」

「お父様に当てつけるためならもう十分役目は果たしたでしょ。そりゃ先に迷惑をかけたのは私だけど、おあいこよ。だからもう」

終わりにしよう――そう口にするより早く、涼音の唇は賢人のキスで塞がれていた。

「ん……むぅ！」

嚙みつくように唇を奪われたかと思うと、乱暴に舌がねじ込まれて熱いものが口腔を這《は》い回《まわ》る。驚いて唇を離そうとしたけれど、握り合っていない方の手が後頭部に回されて逃げることができなくなった。

「ん……っ、んぅ……っ」

口腔の奥深くまで舌で辿《たど》られ、抵抗したいはずなのにぞくぞくと身体が震えてしまう。

賢人は涼音が抵抗できなくなるまでたっぷりとキスをしてからやっと唇を解放した。

「はぁ……なん、で……？」

涼音は強く賢人の胸を押して、なるべく距離をとろうとソファーの端まで身体を引く。

もう関わりたくないと思っているのに、キスだけでこんなにも感じさせられてしまうことが悔しい。

キスで潤んでしまった目で思わず賢人を恨みがましく見つめると、彼にしてはぞんざいな口調で言い返された。

「鈍感な人だとは思ってたけど、ここまでとは思わなかった」

溜息交じりのうんざりした空気に涼音も思わず気色ばむ。

「は？　ど、どういう意味よ」

「涼音、さっき俺のこと好きって言ったよね？　だったら俺の好きにもいい加減気づいてよ」

「い、言ってないし」

「言ったよ、はっきり。好きな人に利用されたくないって」

「そ、それは……言葉の綾《あや》というか、勢いで口に出ちゃったっていうか」

「勢いでもなんでも！　少しは俺のこと好きだよね？」

問い詰めるような口調に、涼音は仕方なく小さく頷いた。ジワジワと頬が熱くなって、きっと顔はまっ赤になっているだろう。

「あのさ、俺は何度も、しかも熱烈にアプローチしていたつもりなんだけど、利用されてるって、ずっとそんなこと思ってたの？」

「だって……」

賢人に付き合って欲しいなんて一度も言われた記憶はない。

みんなに彼氏がいると嘘をついていたことや、実は経験もないのに恋愛相談にのっていたことをバラすと最初に言い出したのは賢人だ。だから父親との確執のために涼音を利用していたのだと思っていた。

これまでの言葉はその場を盛り上げるためにリップサービスで本気に捕らえてはいけないと自分に言い聞かせていた。

「一応確認なんだけど、後藤くんって本当に私のこと好きなの？」

はっきり言ってまだ信じられない。涼音が本で読んだことのある恋愛は告白したり交際を申し込まれてから始まるもので、酔った勢いでベッドを共にしたりなんてしない。そういうのは一夜限りの関係やセフレと呼ばれる関係だ。

「は？　今さらなに言ってんの？　俺、散々アピールしてきたし」

「だってちゃんと好きって言われてないし、最初から身体の関係だったし、それに……」

ふと外出先で会った美咲の顔を思い出し、彼女を見つめる賢人の横顔を見て胸が痛くなったことを思い出した。

「それに、なに？　なにか言いかけただろ」

「後藤くん……好きな人いるでしょ」

「は？　誰のこと言って……」

「み、美咲さんだよ。この間買い物に行ったときに会ったでしょ。後藤くん、彼女のことが大好きって顔してた！」

涼音がずっとモヤモヤしていたことを口にすると、賢人は一瞬きょとんとして、それから大きな笑い声を上げた。

「なにを言い出すかと思ったら、美咲さん俺より五つも年上だよ？」

そう言って笑っているけれど、最近はそれぐらいの年の差のカップルの話もよく聞く。

「だって、私のことただの同僚として紹介したじゃない！　会社ではいきなり入籍したことを発表したのに、彼女の前ではそれを隠したかったんでしょ」

そうだ。あのとき自分はそれで賢人は彼女のことが好きなのだと気づいた。自分の気持ちに初めて気づいたのも、あのときだったのかもしれない。

「あのときそんなこと考えてたの？　だったらその場で言ってくれれば良かったのに」

「……」

「一応誤解を解くために言っておくと、彼女結婚してるから」

「……えっ⁉」

「三年ぐらい前かな？　それに去年双子の男の子のママになったばかりだよ。もちろん父親は俺じゃない。この間会ったときは息抜きにひとりで買い物に来てたんじゃないかな。向こうが俺のことを弟みたいに見てるから、万が一俺が好きになっていたとしても相手にされなかったと思うよ。それと彼女に同僚として紹介したのは、あの時はまだ入籍したことを親父に知らせてなかったからだよ。彼女から伝わったら面倒だから言わなかっただけで、涼音との関係を隠そうとしたわけじゃないから」

予想してなかった答えに、涼音はすぐには返す言葉が見つからなかった。

彼女のことで賢人が嘘をつく必要などないから事実だろう。それにそう言われてみれば、あのときのふたりは仲のよい兄弟にみえなくもない。でもそうだとしたら自分はずっと無駄にモヤモヤしていたことになる。

「ねえ。それってヤキモチだって思っていい？」

「……っ」

ずっと俯いて考え込んでいた涼音は、思いの外間近で聞こえた声にギョッとして顔を上げた。

いつの間にか賢人との距離が縮まっていて、慌てて後ろに下がろうとしたがすでにソファーの端に座っていて、逃げるには立ち上がるしかない。

「ち、近い……」

背中を後ろに倒し、腕を伸ばして賢人との距離を取る。

「ヤ、ヤキモチなんて焼いてないし！　そもそも後藤くん、この前私が離婚するって言ったときあっさり受け入れたじゃない。だからやっぱり本気じゃなくて、お父様を怒らせるために私と入籍したんだと思ったんだもの」

ぐいぐいと身を屈めて今にも押し倒されそうな勢いに必死で抵抗していると、賢人が苛立ったように言った。

「あのさぁ、本気じゃない女に結婚指輪なんて買わないだろ」

「……」

落ち着いて思い返せばその通りなのだが、なにせ最初に酔って賢人に関係を迫ったのは自分だし、実は処女だったことや恋愛マニュアルを読み漁っていたことをバラすとか脅されていたので、いまいち信じられなかったのだ。

すると涼音の心中を察したかのように、賢人がとんでもないことをさらりと口にした。

「ちなみにあとで言って怒られるのが嫌だから今言っておくけど、涼音が酔ってるのをいいことに結婚の話を持ち出したのも、強引に婚姻届を書かせたのも本当は俺だから」

「……は？」

「酔った勢いでどこまで押せるかなって思ってたけど、まさか籍入れることまで同意してくれるとは思わなかったよ。最初はキスぐらいさせてくれたらラッキーだなって思ったんだよね。そしたら涼音があんまりにもチョロくて可愛いから」

「ま、待って待って！　じゃあ……今まで全部私のせいにしてたのって」

「俺は一度も涼音のせいにしたことなんてないよ。涼音が勝手に誤解したから訂正しなかっただけ」

「……」

この短時間で真実が次々と明らかになり、これがパソコンならメモリー不足で思考が停止する寸前だ。というか、もうなにも考えたくない。

賢人が父親を怒らせるために涼音を利用したというのは誤解のようだが、結局彼の都合がいいように扱われていたのは変わらない。ここはしっかり抗議しておくべきではないだろうか。

でも困ったことにもう賢人に関わりたくないと思うのに、今は早くさっきのようなキスをもう一度したいと思っている自分もいる。

「それで？　今日はさっきのキスだけでおしまい？」

涼音の葛藤を察したように賢人が甘い光をたたえた目で誘うように涼音を見下ろした。

「……」

「お互いの誤解も解けたみたいだし、俺たち離婚する必要なんてないんじゃないかな」

「……」

「ねえ、なにか言ってよ。そうじゃなきゃこのままキスするよ」

この騒動の元凶とも言える男の悪びれない余裕たっぷりの顔を見上げる。今まで悩んでいたことがバカらしくなり、小さく溜息をついてから両手を伸ばし賢人の顔を引き寄せると、チュッと音を立てて口づけた。

「……これが答え、だから」

戸惑ったように目を見開いた賢人の視線に耐えられず、涼音は両手をパッと放すと背を向けるようにして立ち上がった。

背を向けたまま帰り支度を始めると、すぐに追いかけてきた賢人に背後から抱きしめられた。

「待ってよ。もっとちゃんとキスしたい」

「ダ、ダメ！」

「どうして？　やっぱり……俺とキスするのは嫌になった？」

賢人の声がしょんぼりしているように聞こえて、罪悪感を覚える。それぐらいで引き下がったりしない男だと知っているのに、ついほだされて本音を口にしてしまう。

「ち、違うの……その……後藤くんとキスすると、気持ちよくて……変な声が出ちゃうから……ここじゃ、誰が来るかわからないし……」

普段の涼音なら絶対に口にしない甘ったるい告白に、あとから恥ずかしさがこみ上げてくる。

「じゃあふたりきりならいい？」

涼音は今度は黙ったまま小さく頷いた。賢人にもっとキスをしてもらいたいと思っているのは本当だからだ。

「じゃあ、早く帰ろうか」

涼音を抱く腕にわずかに力がこもる。涼音は自分のこの迂闊な告白が、あとになって大変なことになるなどこのときは思いもしなかった。


会社の前からタクシーに乗り連れて行かれたのは、車で十分ほどの外資系シティホテルだった。

昨年オープンしたばかりのそこは都心ながら広い敷地面積にプールやスパなど充実した施設を売りにしていて、テレビや雑誌で特集されていたのを涼音も何度か目にしたことがある。

確か女性向けにアフタヌーンティー付きの女子会プランやエステがセットになった自分へのご褒美宿泊プランなどが紹介されていて、シティホテルの中でもラグジュアリーな部類に入るはずだ。

「ねえ……こういうホテルっていきなり来て部屋が空いてるものなの？」

賢人の手際の良さに思わず尋ねると、賢人はエレベーターに乗り込みながら小さく笑った。

「さっき電話して空室があるか聞いたんだ」

「……」

涼音が帰り支度をしているときどこかに電話をしていたが、仕事だろうと特に気にしていなかったけれど、ホテルの予約をしていたらしい。

気遣いは嬉しいが、このあとすることを想像すると恥ずかしくてたまらなかった。

部屋に入ったとたん賢人は涼音の身体を抱きあげるとそのまま有無を言わさずベッドまで運んでしまう。

驚いてバタつかせた片方の足のパンプスが脱げて床に転がったが、賢人は気にも留めず涼音をベッドの上まで抱いていった。

ベッドはダブルより大きくて、クイーンかキングと呼ばれるサイズのようだ。窓には薄いレースのカーテンだけが掛かっていて近づけば夜景を見られそうなのに、賢人はその隙も与えず涼音の足首に触れた。

「はい、こっちも脱ごうね」

涼音が答えるよりも早く残ったパンプスも脱がせると、ポイッと無造作に床に放り投げる。

そのまま賢人の長い指がブラウスのボタンにかかり、抵抗する間もなく下着姿にされ、気づくと広いベッドの上に押し倒されていた。

せっかく素敵なホテルに泊まるのだから部屋の中を探索してみたいという涼音の好奇心は賢人のキスに封じられてしまう。

「ん……んぅっ」

すぐに唇を割って熱い舌が入ってきて、わずかに身動ぎすると抵抗していると思われたのか両手首を摑まれシーツの上に押しつけられた。

ぬめる舌が満遍なく口腔を這い回り、唾液がドッと溢れてきてうまく息ができない。

「はぁ……んぅ……」

いつもより急いた行為だと思うのにそれを問う術がない。わずかに瞼をあげ賢人を見上げると、同じようにこちらを見下ろしていた賢人と視線がぶつかった。

「カワイイ」

賢人は小さく呟くとキスの快感ですっかり潤んでしまった涼音の目尻に唇を押しつけた。

「……後藤くん、大丈夫?」

「なにが?」

「だって……なんか今日の後藤くんって」

――野獣みたい。涼音はそう言いかけて言葉を飲み込んだ。

すると涼音の言おうとしていたことに見当がついたのか、賢人が涼音を見下ろしたまま小さく肩を竦めた。

「早くふたりきりになれるところに行きたいって誘ったのは涼音だろ」

「それは……」

確かにそう言ったが、それはオフィスで淫らなことをされたくないからで、今すぐホテルに行きたいと強請ったわけではない。

答えに困った涼音が言いよどむと、賢人はわずかに眉尻を下げて懇願するように言った。

「もう焦らさないで、抱かせてよ。もうずっと涼音に触れてなかったんだから」

「……っ」

強請るような甘えた声音に胸をギュッと鷲づかみにされたみたいだ。

「ず、ずるい……」

普段は強引にことを運ぼうとするのに、こういうときだけわんこキャラになるなんて卑怯すぎる。そんな顔をされたら涼音が嫌だと言えないことは彼が一番わかっているはずだ。それに涼音だって、本当はずっと賢人の温もりが恋しくてたまらなかったのだから。

「わ、私も……したい」

小さな声でそう呟くと、賢人は困ったような顔になる。

「ただでさえ余裕ないのに、そんなこと言われたら優しくできないかも」

「いいよ」

「そんなこと言って、あとで後悔するなよ」

彼にしてはぞんざいな口調で呟くと再び涼音の唇をキスで塞いだ。

ブラを乱暴に押し上げられ、零れ出た柔らかな膨らみを筋張った指が揉みしだく。

「ん……っ」

触れられた場所が熱い。小さく首を竦めると長い指がぷっくりと膨らんだ乳首を弾いた。

「もうここが尖《とが》ってる。そんなに触って欲しかったの？」

「あ……ッ」

指先でツンと膨らみの先端を弾かれ、涼音はぶるりと身体を震わせて唇を噛んだ。そうしていないと唇から甘ったるい声が漏れてしまいそうだったからだ。

「声、我慢しなくていいのに」

賢人の指が乳首を摘まみ、思わず声が漏れてしまいそうなほど強く押しつぶす。

「あ、ン‼　や……恥ずかしい、から……」

「どうして？　俺なんて涼音のその声を聞くだけでこうなっちゃうのに」

言葉と共に腰をギュッと押しつけられ、下腹部に感じた硬い熱にカッと頭に血が上る。

「……っ」

「涼音、いつも声我慢してるだろ。ここなら防音はバッチリだから涼音のカワイイ声が聞きたいな」

改めて声が聞きたいと言われてしまうと、さらに声を出しにくくなってしまうのに。

「ほら、聞かせてよ」

賢人は艶めかしい笑みを浮かべると、唇を大きく開いて先ほどより膨らみを増した乳首をぱっくりと咥え込んでしまった。

「あ……ッン、んん……あぁ……」

熱い舌で先端を舐め転がされ、足の間がジンジンと痺れる。快感から逃れるように身体を左右に揺らすと、サイドから手のひらで胸を寄せあげられ、淫らな手つきでもみ上げられていく。

「ん、や……ぁ」

「はぁ……最高にカワイイ」

賢人はわざと涼音を喘がせるために、硬く尖った乳首を何度も強く吸い上げる。

「やぁ……ン！　そんなに強く吸わな……で……っ」

わざとちゅぱちゅぱと音を立てて吸われ、硬く弾力のある蕾《つぼみ》を押しつぶすように歯を立てられる。

「俺に吸われるのは嫌い？」

乳首を咥えたまま熱っぽい眼差しで見上げられ言葉が出てこない。

「……」

「ねえ、答えて」

一段と強く乳首を吸い上げて答えを促され、涼音は仕方なくふるふると首を横に振った。

「ち、違う……けど……」

そうでないと、もう何度も身体を重ねた賢人が涼音の反応を見ればわかるはずだ。でもまだ賢人に放恣な快感に溺れる自分をさらすことに慣れていないのだ。

「じゃあ好きなんだ。涼音はエッチだね」

乳首を咥えたままニヤリと笑われ、涼音は羞恥のあまり涙目になった。

「ば、ばかぁ……きら……あ、んんっ！」

嫌い。そう口にする前に乳首に強く歯を立てられ言葉が悲鳴に変わる。

「い、痛く、しないで……」

涙目のまま睨みつけると、賢人はやるせなさそうな溜息を漏らし胸の膨らみの間に顔を埋めた。

「はぁ……俺、涼音が好きすぎてどうにかなりそうなんだけど」

「なにバカなこと言って」

「信じないんだ？　じゃあ俺の気持ちを証明しないと」

賢人は不敵な笑みを浮かべると胸を揉みしだいていた手をお腹へと滑らせ、そのまま下着の上から足の間を撫でさすった。

「あ、ん！」

思わず腰を浮かせると、それを阻むように、賢人は再び胸の先端を舐めしゃぶり始めた。すっかり感じやすくなった乳首の側面を舌で擦られたかと思うと、押しつぶすようにグリグリと捏ね回される。しっとりと濡れ始めた下着の上からは花びらを弄られるが、布越しの愛撫はもどかしくてたまらなかった。

「あ、あぁ……や、胸、ばっかり……」

先ほどから胸ばかり愛撫されて、すでに先端はジンジンと痺れてしまっている。きっと明日は腫れた乳首と下着が擦れて、一日中賢人にされたことを思い出してしまうだろう。

「じゃあどうして欲しいのか言ってごらん」

まるで涼音がそう言い出すのを待っていたような楽しげな声音に頬が上気する。わざと促すように指の先で下着を擦られ、涼音はもどかしさに太股を擦り合わせた。

「い、意地悪しないで……」

「してないよ。ただどうして欲しいのか聞いてるだけだろ」

さらに指先で足の間をツンツンと突かれ、耐えきれなくなった涼音は恥ずかしさを押し殺して賢人の手に自分の手を重ねた。

「……こ、こっちも……ちゃんと触って欲しい、の……」

賢人の反応を見るのが恥ずかしくて、ギュッと目を瞑って小さな声で呟くと、笑いを含んだ声が返ってきた。

「触るだけでいいの？　俺はたっぷり舐めて、涼音が泣いて嫌がるまで奥まで蕩けさせたいと思ってるけど」

そう言いながら手早く足の間からショーツを引きずり下ろされる。いつの間にか下着はぐっしょりと濡れそぼっていて、もう使い物になりそうにない。恥ずかしすぎて賢人の顔を見ることができなかった。

「もう濡れてるよ」

「……っ」

自分でもわかっているのにはっきりとそう告げられ、羞恥のあまり頭にカッと血が上る。

「俺に胸を吸われたから気持ちよくなった？　それとももっと前から濡らしてたの？」

「バ、バカ……」

わざと恥ずかしくなることを言われているとわかっているけれど、顔は勝手に赤くなってしまう。

「涼音が言いたくないなら、俺が自分で確かめるからいいよ」

賢人はそう言うと、すでにたっぷりと潤んだ蜜口に顔を埋めてしまった。

「……あ、ン‼」

「ほら、もうトロトロ」

下肢にむしゃぶりついた賢人が艶めいた眼差しで涼音を見上げる。いつもより野性的な瞳に見つめられるだけで胸が疼いて、さらに下肢を濡らしてしまう。

「はぁ……今すぐ挿れたい」

賢人は掠れた声で呟くと片手を涼音の腰に回し、もう一方の手で蜜穴をほぐし始めた。

「はぁ、ン……あ、あぁ……ん」

くちゅくちゅと、頬を赤らめてしまうほど淫らな音が自分と賢人の間から漏れる。二本の指で薄い膜を引き伸ばすように胎内を広げられ、太い指が内壁を擦るたびにビクビクと腰を跳ね上げてしまう。

「あ、あ、あぁ……や、ん……っ」

蜜孔の入口や濡れ襞にも舌を這わされ、自然と甘ったるい声が漏れた。

無意識に指から逃げようと身動ぎするが、さらに強く腰を押さえ付けられる。必死で腰を揺らして抵抗したが、それが逆に彼の目には艶めかしく映ることなど想像もできなかった。

鼻からは熱い息が漏れ、声を殺そうとして唇を噛んでも意志に反して甘い嬌声が溢れてしまう。

「あ……ん……は……ぅん、あぁ……っ……」

賢人の長い指でも届かない深いところが疼いて、早く深いところまで満たして欲しくてたまらない。

「や……早く奥……して……」

自分の唇から零れたとは思えない卑猥な言葉にドキリとして目を見開く。すると足の間から見上げた賢人も信じられないという眼差しを涼音に向けていた。

「……それって、挿れて欲しいって誘ってる？」

熱っぽい声音を耳にしただけで、お腹の奥にキュンと甘い痺れが駆け抜けていく。もうこれ以上はなんと揶揄をされても我慢できそうになくて、涼音はガクガクと頷いた。

「は、早く……欲しい、の……」

自分はなんて卑猥なことを口にしているだろう。でも賢人と早くひとつになりたいのは本当の気持ちだった。

　軽蔑されないだろうか。あまりの羞恥で涙目で賢人を見つめると、彼はそれに応えるように強い力で涼音を抱きしめた。

「あーもぉ、なんでそんなに可愛いんだよ。そんなふうにおねだりされて俺が断れないってわかってやってるだろ」

　そんな計算ができるほど自分には余裕がない。そう答えるよりも早く、賢人が少し乱暴に涼音の両足を肩の上に担ぎ上げる。

「今夜はいやだって泣いてもやめてやれないから」

　涼音への警告とも、自分へのいいわけとも思える言葉を呟くと、賢人は硬く張りつめた雄芯を涼音の蜜口に突き立てた。

「ひぁ……ああっ！」

　グチュッと卑猥な水音と共に、肉竿が一気に隘路を貫く。いきなり最奥に届く強い衝撃に、涼音の眼裏にチカチカと星が飛び散った。

「や……ふか……あぁ……」

　身体の中心がブルブルと痙攣しているのを感じる。今まで達したときよりもさらに強い震えが怖いぐらいだ。

「はぁ……涼音、そんなに締めないで。挿れただけでイッちゃうなんて、どんだけエッチな身体なの」

そう呟いた賢人の声は、涼音の膣洞の中で激しく締めつけられているせいで苦しげだ。

涼音は顎をあげ、白い喉を震わせながら賢人を見つめた。

「だっ、て……」

今日は賢人に触れられるといつもより気持ちがいいと感じてしまうのだ。

「だって、なに?」

「後藤くんも、私のこと……好きだって思ったら、嬉しくて……」

だから今日はこんなにも感じてしまうのだ。身体だけでなく、心も繋がっていると実感できる。賢人が自分の胎内にいると思うだけで気持ちがよくてたまらなくなってしまう。

「……もぉ……ホントに涼音ってさ……」

賢人のやるせなさそうな溜息交じりの声はうまく聞き取れない。

「俺の理性を壊す天才だね。ほんと……無理」

賢人は掠れた声で呟くと乱暴に自身を引き抜き、今度は強く腰を押し戻した。

「ひぁっ!」

身体を二つ折りにされ、グリグリと最奥まで突き上げられて涼音の唇から高い声が漏れる。

「あ、や……そん、な……っ」

そしてそれは一度きりではなく激しく何度も繰り返されるので、涼音は自分がどこでなにをしているかも忘れてしまいそうになる。

「あ、あ、やぁ……ん、だめ、いい……気持ち、いい……から……」

今まで賢人に抱かれたときには感じなかった深い愉悦に自然と喘ぎ声をあげてしまう。

「あ、あン！　ダメ、激しく、しないで……あっ、あっ……おかしくなっちゃ……」

微《かす》かに残った理性でそう訴えたけれど、賢人の乱暴な律動は止まらない。

「あぁ、あ、あ、ん！　ダメ、ダメなの……ぉっ」

淫らな声に応えるように何度も腰を押し回され、そのたびに涼音の身体が戦慄く。

「はぁ……っ」

賢人は担ぎ上げていた足を自由にすると、涼音の上に覆い被さり震える身体を強く抱きしめた。

「涼音……そんなに、しめない、で……」

顔の横で賢人が苦しげに呻《うめ》いたが、身体が勝手に反応してしまい自分ではどうすることもできなかった。

賢人の腰の動きがさらに激しくなり、お互いの身体が痛いぐらいぶつかり合う。気づくと涼音は、ただ快感を追うことに一生懸命で、自分からも淫らに腰を押しつけていた。

「んぅ……は……や、奥……いっぱ……い」

「はぁ……涼音、すごい……やらし……」

賢人の息が乱れて、彼も頂点を迎えようとしているのだと感じる。

「あ、あぁ……ん、は……んぅ……」

「はぁ……も、ダメ……」

そう言いながらも賢人はさらに腰を突き動かす。そんなことをされては賢人よりも快感に慣れていない涼音の方が限界だった。

「あ、は……あっ……また……」

先ほどから何度か強い快感の波が押し寄せていてもうこれ以上は我慢できそうにない。

「いいよ……イッて……俺も、もぉ……」

さらに身体を揺さぶる動きが速くなり、涼音の身体が悲鳴をあげる。

「あ、あ、あぁ……っ」

賢人の身体にしがみついてガクガクと身体を震わせる。蜜壺が激しく収斂し始めて、賢人の雄を強く締めつけた。

「くっ……は……」

賢人が苦しげな声をあげる。やがて、涼音の中で賢人の肉竿が一際大きく震えた。

涼音の腕の中でも賢人の身体がぶるりと震えて、涼音は朦朧とする意識の中で本当に賢人とひとつになれたのだと満足感を覚えた。

「ねえ、いつから私のこと好きだったか聞いていい？」

裸の腕に抱きしめられていた涼音は、ふと思いついてわずかに頭をもたげた。

「いつから……」

賢人は少し考えるような顔で半身を起こし片肘を突く。

「実は俺、最初涼音のこと、どちらかと言えば嫌いだったんだよね」

「えっ!?」

寝耳に水というか青天《せいてん》の霹靂《へきれき》というか、甘い余韻などふきとんでしまうような言葉にギヨッとしてしまう。

「ほら、俺、高校で親に家から追い出されるし、かと思えば跡取りとして戻ってこいって言われて相当ひねくれてたからさ。涼音の上司にも後輩にも受けがよくて仕事ができるところとか優等生過ぎて嘘くせーって思ってたんだよね」

「……」

「兄貴もそういうタイプで、涼音も生まれつきなんでもできる兄貴と同じ人種なんだって思ってた。でも一緒に仕事してみたらメチャクチャ努力の人で、後輩を帰したあとにこっそり残業してるし、後輩のどうでもいいプライベートの相談にものっちゃうし、優等生じゃなくバカなんだなって思ったら放っておけなくなった」

もっとキュンとするエピソードを期待していたのに、嫌いだったただのバカだの好きになったきっかけエピソードに出てくる言葉にしては、かなり微妙で、まったくときめかない。

「……」

思わずなんとも言えない微妙な顔をしてしまったが、理由のわからない賢人は不思議そうに首を傾げた。

「なんか、気に入らないって顔に見えるけど」

「だって後藤くん、私のこと嫌いだったんでしょ！」

「そんなに怒るなよ、第一印象だって言ってるだろ。そうやってすぐ相手の言葉を真面目に受け取る涼音だから、俺は社長の息子だって言い出せなかった部分もあるし」

「え？」

「社長の息子っていうフィルターを通して見て欲しくなかったのもあったけど、親父と会う前に言ったら絶対来てくれないって思ったんだ。涼音って社畜だから、俺より会社の利益を取るタイプだし。まあ結果的に涼音を怒らせちゃうことになったんだけどさ」

賢人は溜息をつきながらわずかに肩を竦めた。

「もういいだろ。結局涼音の中身を知って好きになったんだからさ。しかも美人だし、この柔らかい身体も大好きだし、今はサイコーにいい女だって思ってる」

賢人はそう言うと、まるで機嫌でもとるように涼音の頬にチュッと音を立ててキスをした。

「……」

「まだ機嫌直らない？」

「……なんか、うまく誤魔化された気がする……」

賢人は口がうまいのだ。たまに営業にも向いていると思うときもあるほど、言いくるめられてしまいそうになるから油断できない。

涼音が探るような視線を向けると、賢人は困ったような苦笑いを浮かべた。

「じゃあとっておきの話をしようか」

「……とっておき？」

話がどこへ向かっているのかわからず、思わず聞き返す。

「そう」

賢人は頷くと手を伸ばして涼音の手を握りしめた。

「俺、親父について、この会社の経営のことを考えてみようと思うんだ」

「え？　それってうちの会社を継ぐってこと？」

涼音の言葉に賢人は首を横に振る。

「その辺はまだ考え中。うちの会社は俺より優秀な人もたくさんいるから、別に俺が社長にならなくても立派にやっていける気がするし。ただ、兄貴がやろうとしていたことを俺も見てみたいなって思えるようになったからさ」

「社長……お父さんと話したの？」

あのときふたりの頑なな態度を見ていて、この関係は簡単に修復できる根の深さではないと思ったのだ。

「まあね。それで親父が、涼音ともう一度会わせろって」

「えっ⁉　ひょ、ひょっとして進退伺いとかした方がよかった？」

もしかしてメチャクチャ怒っていて、謝罪に来いということだろうか。

「違う違う。実はさ、涼音にホテルでふられたあと親父に言ったんだ。涼音との結婚を認めてくれないなら会社も辞めるし、家も出る覚悟だって」

やはりすさまじく拗れてしまっている。握られていた手を引き抜いてその場に飛び起きた。

「それ絶対ダメなヤツじゃない！　私、親子関係を壊してまで後藤くんと結婚しようとなんて思ってないからね‼　ていうか、それなら結婚しないから！」

そう言って指を突きつけたが、賢人はやれやれという顔で首を竦めるだけだ。

「というか俺たちもう入籍してるわけだし」

「そんなの関係ない‼　ねえ、私も一緒に謝るから、お父さんに謝りに行ってちゃんと仲直りしようよ」

男として譲りたくない部分があるかもしれないが、歳を重ねていて思考が硬くなっている父親より、若い賢人の方が説得に応じてくれそうな気がする。

どうやって賢人をその気にさせようか。涼音が説得の方法を考え始めたときだった。

賢人が腕を伸ばし、裸の胸の中へ涼音の身体を抱き寄せた。

「きゃっ」

突然のことに広い胸に頬を押しつけるように倒れ込んだ頭の上で、賢人が少し掠れた声で呟いた。

「……ありがとう」

「え？」

よく聞き取れなかった涼音が顔を上げると、そこにはめずらしく少しはにかんだ賢人がいた。

「親があれこれ言ってたときはうるさいなって思ってたけど、涼音に心配されるのは嬉しい」

頬に息が触れそうな距離で真っ直ぐに目の中を覗き込まれて、なんだかこちらの方が恥ずかしくなってしまう。

「そ、そう？　後藤くんのことだから、そのうち口うるさいって言いそうだけど」

涼音は照れていることに気づかれないよう、ついと視線を外した。

「あ、それと今の話には続きがあるんだよね」

「続き？」

「俺が出て行くって言ったあと、親父がなんて言ったと思う？」

「……」

正解がまったく思い浮かばない涼音は無言で首を傾げる。すると賢人はドキリとしてしまうような甘い笑みを浮かべた。

「野上さんは一生おまえの味方になって助けてくれる人だから絶対に手放すなって」

賢人の言葉が耳の中に流れ込んできたのに、すぐにその意味が理解できない。

「……ホ、ホントに？」

やっとのことで絞り出した声は自分でも驚くほど震えている。

ふたりの和解は望んでいたけれど、きっと時間がかかるし、あのとき散々言いたい放題だった自分にはそれを見る機会はないだろうと思っていた。そもそもつい数時間前までは賢人と離婚をするつもりだったのだ。

まだ呆然としている涼音に向かって賢人は楽しげな笑みを浮かべる。

「そ。すっかり涼音のこと気に入っちゃって、プロジェクトが落ち着いたら早く会わせろってうるさくってさ」

賢人の話によればそのままふたりで食事をして、そのあとも何度か連絡を取っているという。

「……よかったぁ」

涼音はホッとしてシーツの上に突っ伏した。

自分と入籍してしまったせいで父親を怒らせてしまい、親子関係の修復が不能になってしまっていたらどうしようと内心不安を感じていたのだ。

「それにしても、今の発言って、涼音はやっぱり俺のこと、それほど好きじゃないんじゃないかって感じたんだけど」

ホッと胸を撫で下ろしていた涼音は、なぜか不機嫌な賢人の声音に顔を上げた。

「えーと……もしかして怒ってる？」

「だって、親父が認めてくれないなら俺とは結婚しないって言ったじゃん。それって、俺への愛情とか執着心が薄いってことだろ」

拗ねたような賢人の言葉に涼音は首を横に振った。

「違うよ。だってこの間話したとき、後藤くんとお父さんはお互い意識してるのに、長いこと歩み寄るタイミングを外してるだけだって感じたから。それにお父さんには後藤くんしかいないんだよ？　それなのにぽっと出の私が後藤くんを奪うことなんてできないよ」

他人同士の恋人や夫婦と血の繋がった親子の絆《きずな》は違う。その家によって事情はあるだろうが、賢人の父の怒りは彼を心配している愛情からきていることは、初対面の涼音でもわかった。

「よかったじゃない。お父さんと仲直りできたんだから」

「まあね。とりあえず涼音に好きになってもらえたみたいだから、これからは飽きられないように、優先順位を仕事や親父より上にしてもらえるように努力するしかないな」

賢人はそう言って笑ったけれど、今はその言葉を聞いただけで涼音の胸が高鳴っていることに賢人は気づかないのだろうか。

というか、賢人と父親の言葉が足りないと言ったが、涼音自身も自分の想いを伝える言葉が足りなかったのだと、今ならわかる。

もっと賢人に自分の気持ちを伝えていれば、彼だってもっとすんなりと父親のことを話してくれていたのかもしれない。

これからは自分の中で解決しようとせず、ちゃんと言葉で伝えていきたい。

「そんなこと必要ないと思うよ？　もうとっくに……け、賢人は私の一番だし」

涼音は少しでも考えていることを伝えようと賢人を真っ直ぐに見つめた。するとさっきまで不機嫌そうだった賢人の唇が緩み、頬がうっすらと赤くなっている気がした。

少しは気持ちが伝わっただろうか。賢人が微笑み返してくれることを期待していたのに、次の瞬間には手首を摑まれて男の身体の下に引き込まれていた。

「きゃっ……んんっ」

見開いた目に映ったのは賢人の高い鼻筋と閉じられた瞼で、抗議の声をあげようと開いた唇はぱっくりと食べられてしまいそうな勢いで熱い唇に塞がれ、さらに熱い舌が涼音のそれに絡みつく。

「んぅ……ん、は……ぅ……」

すっかり敏感になった舌が捏《こ》ね合《あ》わされ、先ほどまで快感に喘がされていた身体はすぐに熱を保ってしまう。

「ん、んんぅ……ふ……ぁ……ぅ」

賢人はたっぷりと涼音の口を貪ると、満足げに口の端から伝い落ちた滴を舌で舐めとった。

「……ひぁ……っ」

なぜいきなりこんなキスをされることになったのか理由がわからない涼音は、キスの余韻で呆然としたまま賢人を見つめた。

「どうして……いきなり……」

たったそれだけの言葉も、息が上がっていて掠れてしまう。

「今のは涼音が悪い」

「……は？」

少し前の会話を思い起こしてみるが、なにか賢人が衝動的になるようなことを口にしただろうか。

「今まで呼び捨てなんてしなかったのに、いきなりそんな可愛いこと言って許されると思ってる？」

「そんな！　そこ⁉」

散々名前で呼んでくれと言われたから頑張ったのに、そのたびにいちいちあんな濃厚なキスをされていてはたまらない。賢人の理不尽さに、涼音はプッと頬を膨らませた。

「もう後藤くんの名前は呼ばない」

「そんな冷たいことを言うなら、涼音が俺の名前を自然に呼べるようになるまで練習させようか？　涼音が強引なプレイが好きなら俺はいつでもお付き合いするよ」

逃げ出すことを察知したのか、賢人が素早く涼音の手首をギュッと摑む。いつでも振りほどけそうな力加減なのに、なんだか拘束されたような不安を感じてしまう。

「ご、強引なプレイって……どうしてすぐそっちに結びつけるのよ！」

辛うじて強気の口調で言い返したが、賢人が本気になればいくら抵抗しても彼の好きにされてしまうことぐらいは想像できる。

そして自分はそれを頭の中に思い浮かべるだけで恥ずかしくなってしまうのだから、彼に太刀打ちできるはずもない。

想像だけで顔を赤くする涼音に、賢人はゆっくりと顔を近づけ耳朶に唇を寄せた。

「今夜は手加減するつもりはないよ。朝まで放さないから覚悟して」

「‼」

まるでこれまでは手加減して涼音を抱いていたような台詞だが、決してそうでないことは涼音が一番知っていた。

それでも男性経験の浅い涼音にそんなことを囁けばどんな顔をするのかわかっている賢人は、ギョッとして目を白黒させる涼音の反応に満足げな笑みを浮かべる。

「さあ、これからどうしようか」

賢人は涼音にではなく自分に向かってそう問いかけると、抗議の声をあげかけた涼音の唇を、もう一度キスで塞いでしまった。

エピローグ

「狭い」

涼音の隣で、エコノミーの狭い座席に身体を押し込んだ賢人が不満げに呟いた。

ここは地上から高度約一万メートルの上空、つまり航空機の機内で、出張のため中国は上海《シャンハイ》に向かっているところだった。

涼音たちのチームが開発したコスメがいよいよ現地での発売が決定し、展示会内で記念のメーキャップショーを開催することになった。そこでチームの主任である涼音とメーキャップショーの企画を立ち上げた賢人のふたりが現地へ向かうことになったのだ。

あの宮内との対決のあと程なくして、総務課から全社員に向けてセクハラやパワハラに関するアンケート調査が始まった。

この調査の立役者として賢人の名前は表に出なかったが、涼音だけは彼が社長を通して働きかけたことを知っていた。

そして宮内はその調査から自分の名前が出ることを恐れたのか、アンケートが始まったとたん長期病気療養のための休暇を申請し、会社に顔を出さなくなった。

出張に出かける間際に茉莉が女子トイレで聞きつけてきた情報によると、すでに数人の女子社員の間から宮内の名前が挙がっているらしい。

涼音がこれ以上声をあげなくても、彼はこのまま退職に追い込まれるだろうというのが賢人の読みだった。

「もう、贅沢言わないの。最近は経費削減しろって、色々うるさいんだから。国内出張なんて北海道や九州日帰りもあるんだからね。そう考えたらLCCじゃなかっただけありがたいと思わないと」

涼音は隣のシートに窮屈そうに収まる賢人の腕をポンと叩いた。

近年は地方空港も増えた上に北海道だって新幹線だけで出かけられるようになったおかげで、国内なら始発の飛行機で現地に飛び、最終便で帰ってくるという弾丸出張も可能だ。

航空券はローコストキャリア、通称LCCと呼ばれる格安航空会社があり、より経費を削減するならそういった航空会社を利用すればいい。

特にアジア圏は参入している会社の種類も多くうまく活用すればかなり安くなるので、今回の出張でも話はあったのだ。ただ希望の時間と合わなかったので、今回はいつも使っている日本の航空会社になったのだ。

「LCC⁉　ニュースでしか見たことないけど、普通のエコノミーよりさらに狭いんだろ？　無理に決まってる！　俺、そんなことになったら自腹で航空券予約するから」

まるでお化けでも見たような顔で首を竦める賢人に、涼音はクスクスと笑いを漏らす。

これまで彼が御曹司だと意識したことはなかったが、こういう話を聞くと、子どもの頃から飛行機の座席をビジネスなどへアップグレードするのが当たり前の環境にいたのだろうと思う。

育ちが違うことはあまり気にしていないが、できれば賢人を庶民寄りに教育したいと思ってしまうのは勝手だろうか。

「それにしても、パスポートが旧姓のままで飛行機に乗れてよかった〜総務も旧姓でチケット手配してくれたし。結婚って実は色々手続きが必要なのね」

涼音の言葉に賢人がからかうように言った。

「今さら？　というか、いつ気づくかなって思ってたけど、涼音ってホント仕事のことしか頭にないよね」

「そ、そうかな」

「普通結婚したら保険証の名前が変わるとか、銀行やカードの名義の変更とか、会社に提出書類があるとか思わない？　で、総務部からなんの連絡もないのを不審に思って、自分からなにか書類が必要か確認するとかさ」

「……」

確かにあとから調べてみるとそういうものらしいが、最初は離婚するつもりだったし、旧姓で仕事をしているのだからそこまで頭が回らなかったのだ。

「ちなみに総務には俺がすぐに連絡して、涼音の分の変更書類も俺の方に回してもらって止めてもらってあるけど。プロジェクト中でそれどころじゃないってわかってたからね」

「そ、それなら気づくわけないでしょ」

涼音は半ば八つ当たり気味に言い返すと唇を尖らせた。

賢人の言うとおり、あの時はプロジェクトで頭がいっぱいだったのは認める。でも思わぬ入籍で結婚に心構えもできていなかったのだ。

ちなみにプロジェクトは賢人のサポートのおかげで順調だ。すでに商品のラインナップやデザインも決まり、試作品の製造に進んでいる。

ある意味賢人はプロジェクトの陰の立役者なのだが、こうして気づいていない部分でもサポートされていたらしい。

「だからさ、普通はその連絡がないのがおかしいと思うものなの。いかに涼音が俺との結婚を便宜上のものだと思ってるか思い知らされた」

少しずつ賢人の口調がふて腐れた、ぶっきらぼうなものになっていく。

「……べ、別にそんなふうに思ってない」

「ふーん。ついこの間まで別れる気満々だったくせに」

このまま結婚生活を続けると決まったとたん、最近の賢人はすぐに涼音が離婚したがっていたことをネタにするようになった。

しかもここまでへそを曲げてしまうと、ご機嫌取りが大変なのだ。

だが上海に着いたらすぐに仕事のスケジュールが詰まっているし、ここでなんとかしておきたい。

「賢人」

涼音はわざと名前を呼び捨てにして、ソッと手を握りしめた。

すると顔を背けて唇を引き結んでいた賢人が、諦めたように深く息を吐き出す。

「ずるいな、涼音は」

わずかにこちらに顔を向け、視線の端で涼音を睨む。

「怒らないで。帰ったらちゃんとクレジットカードとか銀行口座も名義変更するから」

これからも賢人と一緒にいるという涼音の決意表明のつもりだ。賢人もそれに気づいたのだろう。唇をわずかに緩めて、眼差しが優しくなった。

「じゃあこの出張が実質俺たちの新婚旅行かな」

その言葉には納得できなくて、涼音は思わず声のトーンをあげてしまった。

「そんな！　仕事と新婚旅行を一緒にしないでよ。私、次の長期休暇のときふたりで南の島に行きたかったのに」

賢人とは仕事での付き合いは長いが、夫婦としてふたりで過ごした時間はまだまだ少ない。一緒にいる時間は長いのに、どうしても仕事がふたりの邪魔をするのだ。

まさか仕事人間の自分が仕事を邪魔だと思う日が来るとは思わなかったが、それだけ自分は賢人のことが好きなのだと実感もできる。

「それはそれで行こうよ。そうだ、そのときウエディングドレスを着てふたりきりで挙式するっていうのもいいね」

「ホント⁉」

「うん。だってみんなを集めて結婚式っていうのも今さらだし、俺は涼音のウエディングドレス姿が見たいだけだし」

賢人はそう言ったけれど、ミモザコスメティックの跡取りとしてはどうなのだろう。

「お義父《とう》さんがなんて言うかな？　やっぱり跡取り息子としてちゃんとやれって言いそうじゃない？」

「あー……」

賢人は面倒くさそうに顔を顰めた。

「そこは開発部のエースが〝南の島でふたりきりウエディング〟のプランをプレゼンして、親父を納得させてくれないと」

「ええっ？　私に丸投げなの？」

「そ。その代わり今夜たっぷり可愛がってあげるからさ」

賢人はまるでご褒美のように言うが、そういうことを言うときは結局自分が一番楽しむのだ。

先週の週末も「一週間分可愛がらせて」という賢人に、散々ひどい目に遭わされたばかりなので、今のうちにお断りしておきたい。

「だ、だめよ！　明日は朝から仕事でしょ！　それに仕事だから部屋は別々に手配してあるし」

こういうこともあるかと思い、茉莉が当たり前のようにダブルルームを予約しようとしたのを止めたのだ。

「ちゃんとお仕事が終わるまではもろもろお預けです！」

涼音がぴしゃりと言い切ると、賢人はあからさまにがっかりした顔になり、そのまま毛布をかぶって背を向けてしまった。

機嫌を直すつもりだったのに、うっかりさらにテンションを下げてしまったらしい。涼音は腕時計を見つめてから、小さく溜息をついた。

上海まではあと二時間半ほどかかる。それなら少し寝て起きてからの方が賢人の機嫌も良くなるかもしれない。というか、涼音の方がいい加減機嫌をとるのに飽きてしまった。

賢人にはこういうところが淡泊で、俺のことをそれほど愛していないからだと怒られるのだが、性格なのだから仕方がない。

涼音も膝にかけていた毛布を引き上げると、背もたれに身体を沈めて目を閉じた。しばらく飛行機の音に耳を傾けていると、少しずつ眠気が襲ってくる。うとうととし始め、涼音がそろそろ意識を手放そうとしたときだった。

隣から伸びてきた手が、毛布の下で涼音の手を握りしめる。

「新婚旅行のときは、ファーストなんて贅沢は言わないから、絶対ビジネスでいこう」

耳元ではっきりと声が聞こえたけれど、眠くてたまらない涼音は目が開けられず、わずかに瞼を揺らした。どうやら賢人は眠っていなかったらしい。

エコノミーでしか旅行をしたことのない涼音はビジネスでも十分贅沢だと思ったが、一生に一度の記念の旅行ならそれも悪くないと思い、目を閉じた賢人の手をギュッと握りしめる。賢人がその返事のように握り返してきた手の温もりを感じながら、涼音は緩やかに眠りに落ちていった。

あとがき

こんにちは。水城《みずき》のあです。

現代ものはあちこちで書かせていただいているのですが、ヴァニラ文庫ミエルからはお初！　わーパチパチパチ!!

お初ということでたくさんの方に手に取っていただけると嬉しいです。


ヴァニラ文庫さんで現代ものを書かせていただけるということで、なにを書こうか迷ったのですが、今回は結構ちゃんとしたオフィスものになりました。

オフィスものを書くときは遠い日の会社員時代を思い出して書くのですが、もう私が現役会社員だった時とは会社のシステムも色々変わっていて、出勤退勤管理がタイムカードじゃなくてパソコン一括だったりとか、現役のお友達に話を聞かせてもらいました。

ちなみに私が勤めていた会社はＩＤカードをピッとかざすところでしたが、今回その辺は出てきません（取材の意味なし）

そして~表紙と挿絵イラストはウエハラ蜂《はち》先生に描いていただきました。

校正中に挿絵もいただいたのですが、賢人が色っぽい~(ていうか、スーツなのにエロい!)挿絵を見ながら台詞を加筆したのでした(笑)

ウエハラ先生、素敵な表紙&挿絵をありがとうございました!

そして担当H様、いつもありがとうございます。

毎回ギリギリでの原稿お渡しになってしまいすみません。じ、次回こそ早め早めを心がけていきたいと思います! キリッ!

最後にいつも拙作をお手にとってくださる読者の皆様。

本当に本当にありがとうございます!

Ｔｗｉｔｔｅｒなど SNSでいただいた感想もしっかり読ませていただいていますので、これからも応援していただけたら嬉しいです!

水城のあ